MOEWIG
ROMAN

# Barbara Cartland

## In deinen Armen will ich träumen

MOEWIG

MOEWIG Band Nr. 2405
Verlag Arthur Moewig GmbH, Rastatt

Titel der Originalausgabe: SECRETS
Aus dem Englischen von Helga Atkinson


Umschlagentwurf und -gestaltung: Franz Wöllzenmüller, München
Umschlagillustration: Three Lions
Verkaufspreis inkl. gesetzl. Mehrwertsteuer
Auslieferung in Österreich:
Pressegroßvertrieb Salzburg, Niederalm 300, A-5081 Anif
Printed in Germany 1986
Druck und Bindung: Ebner Ulm
ISBN 3-8118-2405-8

## *Zum Buch*

Lady Isobel, die zweite Frau Lord Blackstones, schikaniert ihre Stieftochter Sandra, wo es nur geht. Um Sandra als Konkurrentin um die Gunst ihrer Gäste aus dem Weg zu schaffen, will sie sie zu ihrer tiefreligiösen Großtante Mathilda verbannen. Doch Sandra kommt ihr zuvor und verdingt sich als Gesellschafterin der eigenwilligen Gräfin von Kyle. Durch diese lernt sie in Brighton den Prinzregenten und in dessen Gefolge den Enkelsohn der Gräfin kennen, der ihr nicht gleichgültig ist. Verstrickt in ein Netz von Intrigen, Erpressung und Lügen wird sie schließlich durch eine mutige Tat vom Schicksal belohnt.

## *Zur Autorin*

Barbara Cartland, „the world's top selling author", hat bis heute 433 Romane veröffentlicht, die in 21 Sprachen übersetzt und in 139 Ländern der Erde erschienen sind. Darüber hinaus hat sie Biographien und Diätkochbücher verfaßt und hat mit dem *Royal Philharmonic Orchestra* ein Album mit Liebsliedern produziert.
Ihr privates Engagement gilt Minderheiten wie den Zigeunern, Senioren und Krankenschwestern; darüber hinaus beschäftigt sie sich mit Vitamintheorien und ist Präsidentin der „National Association for Health".

Als Moewig-Taschenbuch sind bereits erschienen:

2285 Heimliche Liebe
2287 Geheimauftrag in Monte Carlo
2292 Zauber des Herzens
2294 Geliebte Schwindlerin
2299 Die Brautfahrt
2310 Der Traum vom Glück
2314 Ungarische Melodie
2319 Geliebte Lady
2323 Zärtliche Indira
2328 Ich liebe Sie, Mylord
2330 Die Schöne und der Prinz
2337 Die Kapelle im Wald
2340 Die Bucht der Liebe
2348 Bezaubernde Hexe
2358 Die arme Gouvernante
2367 Alwina, Engel meines Herzens
2373 Weiße Lilie
2382 Das Glück in deinen Augen
2385 Liebe mit Hindernissen
2391 Carmelas gefährliches Spiel
2392 Niemand ist ohne Liebe
2400 Valeta erbt das große Glück
2353 Die schönsten Romane von Barbara Cartland, Sonderausgabe DM 10,–

# 1

## 1805

„Widersprich mir nicht! Du tust, was ich dir sage!“ Lady Blackstone schrie ihre Stieftochter mit sich überschlagender Stimme an. Außer sich vor Wut trat sie einen Schritt vor und schlug das junge Mädchen ins Gesicht.

Einen Augenblick lang war Sandra wie erstarrt und blickte fassungslos in das wutverzerrte Gesicht der Frau, dann hob sie langsam die Hand und preßte sie auf die schmerzende Wange.

Bereits bei ihrer ersten Begegnung hatte sie erkennen müssen, wie jähzornig und unbeherrscht ihre Stiefmutter war. Danach hatte sie ständig an ihr herumgenörgelt und sich zu Beschimpfungen und Wutausbrüchen hinreißen lassen, die Sandra erschreckt hatten. Doch geschlagen hatte sie sie bisher noch nie.

Sandra erkannte, daß in diesem Augenblick jedes weitere Wort sinnlos war. Sie drehte sich um und verließ so würdevoll wie möglich das Zimmer.

Seit ihr Vater wieder geheiratet hatte, war für sie das Leben in der schönen alten Priorei unerträglich geworden. Sobald ihr Vater außer Haus war, verfolgte ihre Stiefmutter sie mit ihrem Haß und bereitete ihr die Hölle auf Erden.

Lord Blackstone war vom Tod seiner ersten Frau sehr betroffen gewesen. Ihre Ehe war sehr glücklich gewesen, und nur der ständige Geldmangel hatte ihr Glück zuweilen getrübt. Es hatte sie beide geschmerzt, daß ihnen die

Mittel fehlten, um das wunderschöne alte Haus instandzuhalten.

Auch hatten sie zutiefst bedauert, daß Lady Blackstone ihrem Gatten nur ein einziges Kind schenken konnte, doch sie hatten ihre reizende Tochter geradezu vergöttert.

In einem eisigkalten Winter, in dem alles Holz der Welt nicht ausgereicht hätte, um die Räume des alten Gebäudes zu erwärmen, war es dann geschehen. Lady Blackstone hatte sich eine schwere Lungenentzündung zugezogen und war daran gestorben.

Für Sandra war eine Welt eingestürzt und für ihren Vater ebenfalls. Die Einsamkeit in dem großen alten Haus wurde ihm unerträglich; er hatte es kurzerhand geschlossen und war zu Freunden gezogen: zunächst nach Northumberland im Norden, dann in die Nähe der schottischen Grenze.

Sandra war noch nicht ganz siebzehn Jahre alt gewesen, als sie zu ihren Großeltern mütterlicherseits nach Devonshire geschickt worden war. Die alten Leute hatten sich aufrichtig gefreut, ihre liebreizende Enkelin bei sich aufnehmen zu können. Der Großvater, ein sehr gebildeter alter Herr, war weit gereist und weltoffen. Er bestand darauf, daß Sandra die beste Erziehung genoß, die er ihr bieten konnte, und bald fließend Französisch sprach.

Durch den Krieg mit Frankreich war vielen Engländern bewußt geworden, daß sie auf ihrer Insel zu isoliert gelebt hatten.

„Ich bin mit meinem Regiment in der ganzen Welt herumgekommen“, pflegte Sandras Großvater zu sagen, „und habe es immer als meine wichtigste Aufgabe betrachtet, mich mit den Bewohnern der jeweiligen Länder, in denen wir stationiert waren, sprachlich verständigen zu können.“

„Das hat sicher deinen Auslandsaufenthalt interessanter gemacht, Großpapa“, stellte Sandra fest.

„Gewiß“, erwiderte er. „Ich finde es erschreckend, daß kaum einer unserer führenden Staatsmänner und noch weniger Parlamentsmitglieder imstande sind, einen Ausländer zu verstehen.“

„Der Kronprinz ist eine Ausnahme“, wandte ihre Großmutter ein. „Wie ich hörte, führt er die Konversation im Carlton House oft in Französisch, was vielen mißfällt, er hat sogar einen französischen Küchenchef.“

Sandra mußte lachen. „Viele würden ihn deshalb einen Verräter nennen“, stellte sie fest. „Doch jetzt haben wir Waffenstillstand, und die Zeitungen berichten, daß die Engländer nach Paris strömen, um die Franzosen aus nächster Nähe zu bestaunen, besonders einen gewissen Napoleon Bonaparte.“

„Der Waffenstillstand wird nicht von Dauer sein“, hatte ihr Großvater prophezeit, und in weniger als einem Jahr hatte sich das leider bewahrheitet.

Weil es ihm Freude bereitete und ihr selbst auch, lernte Sandra Französisch und Italienisch und hatte gerade mit Spanisch begonnen, als ihr Vater sie nach Hause holte.

Sie freute sich auf die Heimkehr, weil sie ihren Vater liebte und die vertraute Umgebung der alten Priorei schmerzlich vermißt hatte, doch erwartete sie ein Schock, auf den sie nicht vorbereitet war.

„Ich muß dir etwas sagen“, murmelte ihr Vater, nachdem sie ihn stürmisch umarmt und geküßt hatte.

„Was denn, Papa?“

„Ich habe oben im Norden wieder geheiratet.“

Einen Augenblick traute Sandra ihren Ohren nicht. Fassungslos starrte sie ihn an, als er fortfuhr: „Ich hoffe, du wirst dich mit deiner Stiefmutter verstehen. Ihr liegt viel daran, die längst fälligen Renovierungsarbeiten in der Priorei in Auftrag zu geben.“

Daraus schloß Sandra, daß die zweite Frau ihres Vaters offenbar vermögend war.

Später sollte sie erkennen, daß ihre Stiefmutter sogar steinreich war und es, lange bevor ihr Vater auf sie aufmerksam geworden war, auf ihn abgesehen hatte.

Isobel Fairbairn war fünfunddreißig, als Lord Blackstone ihr anläßlich eines Dinners im Hause eines Nachbarn vorgestellt wurde.

Es war reiner Zufall, daß man sie eingeladen hatte, denn die Fairbairns waren in der Grafschaft nicht sonderlich angesehen, zumal sie nicht adliger Herkunft waren. Da jedoch einer der Gäste im letzten Augenblick wegen Krankheit absagen mußte, hatte man Isobel, die nur zwei Meilen entfernt bei ihrer Mutter wohnte, kurzerhand eingeladen.

In dem Augenblick, als sie Lord Blackstone kennenlernte und erfuhr, daß er Witwer war, wußte Isobel, daß ihre Gebete erhört worden waren.

Seit sie zwanzig Jahre alt war, hatte sie verzweifelt nach einem heiratswilligen Mann gesucht. Obwohl ihr Vater als sehr wohlhabend galt, wurde sie von den Aristokraten der Grafschaft geschnitten. Nur wegen seiner großzügigen Spenden an Waisen- und Armenhäuser, für Denkmäler und die Wildhege hatte man ihren Vater toleriert.

Er war ein prahlerischer Mensch, der mit Geld alles kaufen wollte, wonach ihm der Sinn stand, und der ein zu dickes Fell hatte, um zu spüren, wie man ihn verachtete und belächelte.

Isobels Mutter war ganz anders. Sie stammte aus einer angesehenen Familie, die seit Generationen in der berittenen Miliz der Grafschaft gedient hatte. Als ihr Vater im Krieg gefallen war und ihre Mutter in Armut zurückgelassen hatte, war es für das hübsche Mädchen wie ein Geschenk des Himmels gewesen, von einem reichen Mann niederer Herkunft, den ihre Jugend und ihr Charme faszinierten, einen Antrag zu bekommen.

Zu ihrem Leidwesen hatte Isobel die Schönheit ihrer

Mutter nicht geerbt. Sie war stämmig gebaut und sah ihrem Vater ähnlich. Ihre einzigen Vorzüge waren die großen, ausdrucksvollen Augen und das dunkle, natürlich gelockte Haar. Im übrigen hatte sie sich damit abfinden müssen, hart um die Gunst ihrer Mitmenschen ringen zu müssen, damit man wenigstens nett war zur „armen Miß Isobel Fairbairn".

Mitgiftjäger wurden zu Lebzeiten ihres Vaters, wenn es sein mußte, mit roher Gewalt von ihr ferngehalten. Erst nach seinem Tod wagten es wieder einige, sich ihr zu nähern.

Mittlerweile war Isobel etwas schlauer geworden und hatte erkannt, daß sie mit ihrem Vermögen, das größer war, als sie vermutet hatte, wählerisch sein konnte. Die Mitgiftjäger, die ihr in ihrer Jugend so attraktiv erschienen waren, hatten es, wie sie erkannte, nicht auf sie abgesehen, sondern nur auf ihr Vermögen, das sie zu verprassen gedachten, ohne auf sie Rücksicht zu nehmen.

Ein echter Gentleman hätte eine solche Einstellung verabscheut, erkannte sie. In all den angesehenen Familien ringsum hatte man nur geheiratet, um das Vermögen zu vermehren oder die gesellschaftliche Stellung zu behaupten. In der Öffentlichkeit waren die Ehemänner stets von ausgesuchter Höflichkeit zu ihren Frauen, ohne diese an ihren eigentlichen Interessen teilnehmen zu lassen.

Die Schwierigkeit für Isobel war, daß man sie und ihren Vater in der ganzen Grafschaft nur allzugut kannte, um ernsthaftes Interesse zu bekunden.

Lord Blackstone war ein Fremder, und sie spürte, daß seine Einsamkeit ihn unglücklich gemacht hatte, aber auch empfänglich für Verständnis und Zuwendung.

So bot sie all ihren Charme auf, kleidete sich nach der neuesten Mode und ließ sich von ihrer geschickten Zofe so vorteilhaft herrichten, daß ihre Augen und ihr Haar voll zur Geltung kamen und vergessen machten, daß sie eine Stupsnase, zu lange Nasenflügel und einen etwas gewöhnlichen Mund hatte.

Es fiel ihr leicht, die richtigen mitfühlenden Worte für Lord Blackstone zu finden, um ihn glauben zu machen, daß sie ihn tatsächlich bewunderte und liebte.

Später erkannte Sandra, daß ihr Vater weniger durch Isobels Vermögen geblendet worden war, als vielmehr durch ihr scheinbares Mitgefühl für seine Einsamkeit und seine Sehnsucht nach Zärtlichkeit, die ihn seit dem Tod ihrer Mutter befallen hatte.

„Ich verstehe dich doch, Papa", hatte sie ihm versichert, als er glaubte, sich dafür entschuldigen zu müssen, daß eine andere den Platz ihrer Mutter eingenommen hatte, „und ich hoffe, du wirst sehr, sehr glücklich."

„So wie mit deiner Mutter wird es nie wieder sein", erwiderte er offen, „aber ich konnte die Leere im Haus ohne sie nicht mehr ertragen und bin gespannt, wie es aussehen wird, wenn man etwas Geld hineinsteckt."

Ihrem Vater mochte das genügen, aber Isobel wollte mehr. Als Lady Blackstone bekleidete sie die Position, hatte sie den Titel inne, den sie sich immer schon erträumt hatte, und verfügte zudem über einen gutaussehenden Ehemann.

Sie erkannte nicht, daß Lord Blackstone sich seit dem Tod seiner ersten Frau von allem zurückgezogen hatte und nicht den geringsten Wunsch verspürte, jetzt, wo er es sich leisten konnte, am gesellschaftlichen Leben teilzunehmen.

Mit vollen Händen gab Isobel ihr Geld aus, um das alte Herrenhaus zu renovieren und die nötigen Reparaturen durchzuführen, um bald die „feine Gesellschaft" zu sich einladen zu können, von der sie bisher ausgeschlossen gewesen war.

Auf dem Weg zu diesem ehrgeizigen Ziel gab es für sie

nur ein einziges ärgerliches Hindernis: Sandra. Sicher, Lord Blackstone hatte erwähnt, daß er eine Tochter hatte. Sie hatte sich ein anschmiegsames kleines Mädchen vorgestellt, das bescheiden zurückstehen würde, wenn sie einmal eigene Kinder haben sollte.

Als sie Sandra jedoch kennenlernte, erschrak sie zutiefst. Ihr war überhaupt nicht in den Sinn gekommen, daß ihre Stieftochter bereits erwachsen und dazu noch auffallend hübsch sein könnte.

Da Isobel die Schlauheit und den Scharfsinn ihres Vaters geerbt hatte, machte sie sich nichts vor: Dieses Mädchen stellte eine ständige Bedrohung ihres eigenen Glücks dar.

Wer würde sie noch beachten, wenn neben ihr diese schöne junge Frau auftauchte, die einem griechischen Fries entstiegen schien?

In der langen Zeit, die Sandra in Devonshire verbracht hatte, war sie zu einer außergewöhnlichen Schönheit erblüht und hatte sich durch Reiten und Schwimmen im See eine schlanke, durchtrainierte Figur erhalten, die jeden Bildhauer in Entzücken versetzt hätte. Das ovale Gesicht wurde von großen grauen Augen beherrscht, deren Farbe sich bei veränderten Lichtverhältnissen in Purpur wandelte. Das helle Haar hatte zuweilen einen silbernen Schimmer, als habe es das Mondlicht eingefangen.

Was Isobel jedoch am meisten in Rage brachte, war Sandras natürliches Auftreten, ihre Anmut und Bescheidenheit, die sie niemals würde entwickeln können, und wenn sie tausend Jahre alt wurde.

Zunächst hatte sie sich krampfhaft bemüht, ihre Abneigung gegen ihre Stieftochter zu verbergen, doch mit der Zeit hatte sie einen Haß gegen das junge Mädchen entwickelt, dem sie freien Lauf ließ, sobald ihr Mann aus dem Haus war.

In seiner Gegenwart wagte sie es nicht, Sandra zu rügen

oder schlecht zu behandeln. Sobald sie jedoch allein waren, machte sie dem jungen Mädchen das Leben zur Hölle. Dadurch schuf sie in dem vorher heiteren, glücklichen Haus eine düstere, bedrohliche Atmosphäre.

Dabei verdankte sie es einzig und allein Sandra, daß ein weiterer ehrgeiziger Plan von ihr in Erfüllung ging. Da es ihr nicht genügte, glanzvoller gesellschaftlicher Mittelpunkt in Herfordshire zu sein, überredete sie Lord Blackstone, sein Stadthaus in London wieder zugänglich zu machen.

Blackstone House befand sich in der Hill Street, unweit des Berkeley Square, und war aus dem einzigen Grund, weil sein Besitzer es sich nicht leisten konnte, es zu unterhalten, seit Jahren geschlossen geblieben.

Da Isobel unter allen Umständen Zugang zur „vornehmen Welt", wie sie es bei sich nannte, haben wollte, schlug sie ihrem Gatten vor, das Stadthaus während der Ballsaison zu beziehen.

Er lehnte ab. Er wolle mit dem eitlen Gehabe und hohlen Gewäsch nichts zu tun haben, sagte er, und ziehe das Landleben vor.

„Aber Liebster", flötete Isobel, „wir dürfen nicht selbstsüchtig sein und nur an unser eigenes Glück denken. Wir müssen auf Sandra Rücksicht nehmen."

„Was meinst du damit?" fragte Lord Blackstone unwillig, weil er ahnte, was kommen würde.

„Sandra ist achtzehn", gab Isobel zu bedenken, „und sollte im Buckingham Palace vorgestellt werden. Wenn ihre Mutter noch lebte, würde sie auch wollen, daß ihre Tochter an den Bällen und anderen Vergnügungen der vornehmen Gesellschaft teilnimmt."

Lord Blackstone konnte sich diesen Argumenten nicht verschließen und erklärte sich einverstanden, das Stadthaus zu renovieren.

Isobel gab ein Vermögen für Handwerker aus, nur um

die Räumlichkeiten bis Mitte Mai bewohnbar zu machen. Wie eine moderne Sklaventreiberin räumte sie jedes Hindernis, das ihre Pläne bedrohte, rigoros aus dem Weg und trieb die Leute zur Eile an.

Das Resultat war für Sandra enttäuschend. Trotz der immensen Summen, die für die Renovierung ausgegeben worden waren, mangelte es dem Haus an Behaglichkeit und Atmosphäre.

Ihr Vater genoß das Clubleben, das er seit seiner Zeit in Eton und Oxford vernachlässigt hatte, und freute sich, alte Freunde wiederzutreffen.

Die neue Lady Blackstone wartete jedoch vergebens auf Einladungen zu den berühmten Bällen und exklusiven Empfängen, die sie sich erträumt hatte.

Lord Blackstone arrangierte, daß einer seiner Verwandten Isobel bei Hofe vorstellte und sie ihrerseits Sandra einführte.

Isobel mußte jedoch feststellen, daß Sandra viel häufiger zu Gesellschaften eingeladen wurde als sie und beschimpfte diese auf das übelste, wenn sie allein waren.

„Wie können sie es wagen, mich auszuschließen!“ kreischte sie empört. „Wie kann man mich so kränken! Ich bin deines Vaters Frau. Sicher hast du irgend etwas gegen mich gesagt, das sie dazu bewogen hat!“

„Ich habe nicht das geringste gegen dich gesagt“, erwiderte Sandra wahrheitsgemäß. „Über dich ist nicht ein einziges Mal gesprochen worden.“

Das brachte ihre Stiefmutter noch mehr in Rage. Sandra wagte nicht, sich auszumalen, wie sie sich aufführen würde, wenn sie erfahren hätte, daß alle Gastgeberinnen ihre Mutter in den höchsten Tönen gepriesen hatten. Niemand hatte sich gegen ihre Stiefmutter geäußert, und doch hatte Sandra gespürt, daß die Wahl ihres Vaters allgemein mißbilligt wurde.

Geschätzte Gastgeber wie der Herzog und die Herzogin von Devonshire, der Herzog und die Herzogin von Bedford und natürlich der Kronprinz selbst zollten den Blackstones, die weder besonders amüsant noch witzig waren, keine Aufmerksamkeit.

Dabei hatte Isobel keinen sehnlicheren Wunsch, als eine Einladung ins Carlton House zu bekommen, und regte sich schrecklich darüber auf, daß ihr Gemahl übergangen wurde.

Lord Blackstone hingegen bekundete keinerlei Interesse am Kronprinzen und seinen Hofschranzen, wie er sie nannte. Er teilte vielmehr die öffentliche Meinung, daß Seine Königliche Hoheit ein ausschweifendes Leben führte und seine Gemahlin, Prinzessin Caroline von Braunschweig, sehr schlecht behandelte.

Am liebsten hätte Isobel ihn wegen dieser sturen Haltung angeschrien; sie konnte sich nur mühsam beherrschen. Sie beschwor ihn, sich beim Kronprinzen in Erinnerung zu bringen, und wollte unbedingt zu einem der berühmten Diners eingeladen werden, die Karikaturisten und Satirikern reichlich Stoff lieferten.

Sie hätte die Hälfte ihres Vermögens geopfert, um nur ein einziges Mal beim Kronprinzen zu Gast weilen zu dürfen, aber ihre Bitten stießen bei ihrem Gemahl auf taube Ohren.

„Ich kenne ihn nicht persönlich, meine Liebe", hatte Lord Blackstone sie belehrt, „und ich habe auch nicht die Absicht, einen meiner Freunde dazu zu überreden, uns eine Einladung zu besorgen."

Damit hatte er sie stehenlassen und war gegangen. Isobel hatte vor Wut mit dem Fuß aufgestampft und an den Fingernägeln geknabbert. Dann stellte sie sich der Tatsache, daß nach dem Rennen in Ascot die Saison vorüber sein würde, ohne daß auch nur ein Bruchteil ihrer ehrgeizigen Träume in Erfüllung gegangen war.

Jede andere Frau wäre niedergeschlagen und enttäuscht gewesen, sie jedoch plante bereits glänzende Empfänge mit ihren neuen Londoner Bekannten in der Priorei. Die meisten von ihnen liebten gutes Essen und erlesene Weine, wie sie in Carlton House kredenzt wurden.

Sie konnte ihnen eine noch bessere Auswahl in der Priorei bieten. Zur Unterhaltung und Erbauung der Gäste plante sie, einige dieser amüsanten jungen Politiker einzuladen, die in London die gesellschaftliche Szene beherrschten und gewiß nichts dagegen hatten, ein abwechslungsreiches Wochenende in einem komfortablen, ehrwürdigen Landhaus verbringen zu können, das nicht weit von Westminster entfernt war.

Isobels Augen leuchteten, als sie sich ausmalte, wie sie alles arrangieren würde. Die „feine" Gesellschaft sollte sich bald darum reißen, in der Priorei empfangen zu werden. Auch einen Jagdball würde sie zur Eröffnung der Jagdsaison veranstalten und eine große Weihnachtsparty mit einer großartigen Theateraufführung, über die man noch lange sprechen sollte.

Am liebsten hätte sie sich wegen ihrer Genialität selbst applaudiert, wäre da nicht eine einzige dunkle Wolke gewesen, die ihre Vorfreude trüben und alles zunichte machen konnte.

Wie sollte sie glänzen und strahlender Mittelpunkt sein, wenn Sandra an ihrer Seite stand und alle Blicke der anwesenden Herren auf sich zog und diese sich darum rissen, ein Wort mit ihr zu wechseln?

„Ich hasse sie!" gestand sich Isobel. Dann war ihr eine Idee gekommen, und sie war zu ihrem eleganten französischen Sekretär geeilt, der sie ein kleines Vermögen gekostet hatte.

Sie hatte sich daran gesetzt und einen kurzen Brief geschrieben, den sie mit der Postkutsche losschickte. Da sie das Rückporto bezahlt hatte, erhielt sie, wie erwartet, innerhalb von vierundzwanzig Stunden Antwort.

Ihre Miene hatte sich aufgehellt, als sie die wenigen Zeilen gelesen hatte. Dann hatte sie einen Diener angewiesen, Sandra zu ihr zu bitten.

Sie erwartete sie im neu ausgestatteten Frühstückszimmer. Die uralte Holztäfelung war erneuert und auf Hochglanz poliert worden, purpurfarbene Samtvorhänge mit schweren Seidenfransen zierten die Fenster. Das Mobiliar war neu, da Isobel die meisten alten Möbel im Haus ausrangiert hatte.

Nur die Ahnengalerie an den Wänden war geblieben. Man hatte die Porträts gesäubert und restauriert und mit neuen, prunkvollen Rahmen versehen, so daß sie jeden Besucher beeindrucken mußten.

Da Sandra sich lange Zeit ließ, begann Isobel ungeduldig mit dem Fuß zu wippen. Ihr Haß gegen die Stieftochter wuchs von Minute zu Minute.

Kurz darauf hatte Sandra den Raum betreten. Sie trug ein einfaches, gemustertes Musselinkleid mit hellblauen Bändern, die ihre schlanke Taille unterstrichen. Es war nur ein ganz gewöhnliches Tageskleid, wie es die meisten modebewußten junge Mädchen trugen, und doch wirkte es an Sandra, als sei es mit Brillanten und Blumen übersät und darauf ausgerichtet, sie zum glanzvollen Mittelpunkt jedes Balles zu machen.

„Du wolltest mich sprechen, Stiefmama?“ hatte Sandra mit ihrer melodischen Stimme gefragt und sie mit ihren schönen Augen interessiert angeblickt.

„Allerdings“, lautete die scharfe Erwiderung. Isobel warf einen Blick auf den Brief in ihrer Hand, als wollte sie sich noch einmal vergewissern, daß sie sich nicht geirrt hatte, dann sagte sie beiläufig: „Dein Vater und ich sprachen neulich über deine Großtante Matilda, die an der Grenze von Bedfordshire wohnt. Erinnerst du dich an sie?“

„Ja, natürlich“, entgegnete Sandra ahnungslos. „Sie ist

die Schwester von Papas Mutter und sehr alt und sehr fromm. Wir haben ihr drei Jahre vor Mamas Tod einen Besuch abgestattet. Ihr Haus kam mir vor wie eine Gruft."

„Vielleicht kannst du das ändern, wenn du bei ihr bist."

„Was soll ich denn bei ihr?" hatte Sandra verwundert gefragt.

„Ich habe beschlossen, daß du zu deiner Tante ziehen wirst, wenn wir in die Priorei zurückkehren."

Sandra hatte ihre Stiefmutter bestürzt angeblickt. „Aber ich möchte mit euch nach Hause fahren."

„Das ist jetzt mein Zuhause", wurde sie von Isobel belehrt. „Und da du nur im Wege bist, sollst du für immer bei deiner Großtante leben."

„Aber . . . das ist unmöglich!" hatte Sandra sich entsetzt. „Dort kann ich nicht ausreiten und muß mir ständig nur Tante Matildas Gerede vom Jenseits anhören."

„Das wird sicher sehr lehrreich für dich sein", hatte Isobel unbeirrt erklärt. „Wir fahren übermorgen zurück. Bis dahin solltst du zur Abreise nach Bedfordshire bereit sein."

„Das kannst du mir doch nicht antun! Ich könnte es nicht ertragen, an einem solchen Ort lebendig begraben zu sein, und Papa würde das bestimmt auch nicht wollen."

Daraufhin hatte Isobel sie angeschrien und ihr eine Ohrfeige gegeben. Sandra, die spürte, daß sie nichts gegen diese Frau ausrichten konnte, verließ das Zimmer und begab sich nach oben in ihr Schlafgemach. Sie verschloß die Tür von innen, setzte sich aufs Bett und versuchte, einen klaren Gedanken zu fassen.

Seit langem schon hatte sie gespürt, daß ihre Stiefmutter sie haßte, aber sie hätte Isobel nie für fähig gehalten, sie aus dem Haus ihrer Eltern zu verbannen.

Sie konnte nicht glauben, daß dies tatsächlich der Fall sein sollte. Sie war überzeugt, daß ihr Vater sich auf ihre

Seite gestellt und verfügt hätte, daß sie nach Hause zurückkehren durfte, hätte sie ihn um Hilfe gebeten; aber ein kleiner Zweifel blieb. Isobel verstand es immer wieder, ihn um den Finger zu wickeln, wenn sie etwas durchsetzen wollte.

Sandra war zu jung und zu unwissend, um zu erkennen, daß Lord Blackstone in der körperlichen Liebe Isobels zu ihm Trost fand und dadurch den Schmerz in seinem Herzen über den Verlust von Sandras Mutter ein wenig zu betäuben vermochte.

Wenn er Isobels Arme spürte, wenn er die Wärme ihres Körpers fühlte und ihren heißen Liebesbeteuerungen lauschte, konnte er vergessen und wurde für kurze Zeit nicht mehr von quälenden Erinnerungen heimgesucht.

Obwohl sie seine Beziehung zu dieser Frau nicht in Worte fassen konnte, spürte Sandra doch, welche Macht Isobel auf ihn ausübte, und fühlte sich in ihren Zweifeln bestärkt.

Vielleicht hört Papa mir gar nicht zu, sagte sie sich. Vielleicht will er mich auch überreden, zu Großtante Matilda zu ziehen. Doch dort wäre ich lebendig begraben.

Verzweifelt sann sie auf einen Ausweg. Zu ihren Großeltern mochte sie nicht zurückkehren, denn sie hatte das Gefühl, daß die beiden alten Leute ganz froh waren, wenn sie nur füreinander da sein konnten.

Niemand will mich haben! dachte Sandra in einer Anwandlung von Selbstmitleid. Tränen traten ihr in die Augen. Wieder einmal vermißte sie ihre Mutter schmerzlich. Doch dann wischte sie sich energisch die Tränen ab und zwang sich, nachzudenken. Sie mochte sich dem Schicksal, lebendig begraben zu sein, nicht fügen. Aber wohin sollte sie gehen? Was sollte sie tun?

Es war viel entwürdigender, weiterhin von Isobel finanziell abhängig zu sein, die sie haßte und aus ihrem Leben verbannen wollte.

Zunächst hatte sie sich über die neue Garderobe gefreut, die sie in London erstanden hatten. Doch das finstere, verkniffene Gesicht ihrer Stiefmutter trübte ihre Freude. Jedesmal, wenn Sandra ein neues Kleid freudestrahlend vorführte, reagierte Isobel säuerlich.

Als ihre Mutter noch lebte, waren sie so arm gewesen, daß sie kein Geld für neue Kleidung erübrigen konnten. Vielmehr hatte es kaum fürs Essen gereicht. Obwohl das alte Haus jetzt in neuem Glanz erstrahlte und Sandras Kleiderschrank fast überquoll, hatte sie sich nie so unglücklich gefühlt wie im Augenblick.

Warum konnte Papa nicht eine Frau heiraten, die so lieb und sanftmütig ist wie Mama? fragte sie sich.

Die Antwort war höchst einfach. Die Familie ihrer Mutter war arm gewesen, die Fairbairns hingegen sehr, sehr reich.

Wie könnte ich erreichen, von ihr unabhängig zu werden, überlegte sie. Diese Frage beschäftigte sie unablässig. Sie mußte versuchen, selbst Geld zu verdienen.

Es wäre doch gelacht, wenn jemand wie sie mit einer guten und so vielseitigen Erziehung keinen Posten als Gesellschafterin oder ähnliches finden könnte.

Sie dachte an die vielen Jahre, die sie mit Gouvernanten und Erziehern verbracht hatte, besonders an die charmante Französin, die aus ihrem Heimatland geflüchtet war und im Dorf ihrer Großeltern gelebt hatte.

Sie erinnerte sich, daß Madame Beauvais zum Abschied zu ihr gesagt hatte: „Du warst eine sehr gute Schülerin. Ich bin stolz auf dich. Du sprichst Französisch wie eine Pariserin, und du siehst auch aus wie eine Französin. Wer dich sprechen hört, muß zu dieser Überzeugung gelangen."

„Merci, Madame, Sie sind sehr freundlich."

„Ich meine das ernst, *ma petite.* Möge der liebe Gott dich immer beschützen."

Sie hatten sich verabschiedet, und Sandra wäre traurig gewesen, Madame Beauvais verlassen zu müssen, hätte sie sich nicht so sehr auf zu Hause gefreut.

Auch ihre anderen Erzieher waren von ihr sehr angetan gewesen. Sie hatte immer fleißig gelernt, viele kluge Fragen gestellt und war die Musterschülerin gewesen, die sich alle Lehrer wünschten.

Damit muß ich doch etwas anfangen können, sagte sie sich und betete: Bitte, Mama, hilf mir doch! Du würdest auch nicht wollen, daß ich in Bedfordshire versaure und mir den ganzen Tag Tante Matildas fromme Reden anhöre, mit denen sie sich einen Ehrenplatz im Himmel sichern will.

Sie konnte sich lebhaft vortellen, wie ihre Mutter über diesen Ausspruch gelacht hätte. Augenblicklich war ihr, als sei ihr Gebet erhört worden, denn sie erinnerte sich an eine Begebenheit vor zwei Tagen, die möglicherweise die Lösung ihres Problems sein konnte.

Sie war von der Prinzessin de Lieven zu einer Teeparty in der russischen Botschaft eingeladen worden. Ihre Stiefmutter hatte geschäumt vor Wut, als sie von dieser Einladung erfuhr.

Die Prinzessin hatte ihr folgende Zeilen in ihrer typischen russischen Handschrift geschrieben:

*„Ich lade ein paar junge Leute zum Tee ein und würde mich sehr freuen, wenn Sie ebenfalls teilnehmen würden. Sicher werden Ihr verehrter Herr Vater und Ihre verehrte Frau Stiefmutter mir zugestehen, daß ich eine gute Gouvernante sein werde."*

Da die Prinzessin mit dem russischen Botschafter in London verheiratet und eine der berühmtesten Gastgeberinnen in Almack war, Isobel jedoch nicht eingeladen hatte, war diese außer sich gewesen vor Zorn und Entrüstung.

Sandra hatte trotzdem nicht die Absicht gehabt, die

Einladung abzulehnen und die Prinzessin damit zu brüskieren. So war sie allein zur russischen Botschaft gefahren und dort mit vielen jungen Leuten aus ihren Kreisen zusammengekommen. Einige waren sogar persönliche Freunde von ihr.

Sie hatte sich mit Lady Tallent unterhalten, die ihren Vater seit vielen Jahren kannte und nicht nur sein blendendes Aussehen lobte, sondern ihn den besten Reiter nannte, den sie jemals im Sattel hatte sitzen sehen.

„Papa wird entzückt sein, wenn ich ihm das erzähle", hatte Sandra erfreut geäußert. „Leider standen ihm in den letzten Jahren keine edlen Reitpferde zur Verfügung, so daß er an keinem Steeplechase und an keinem der bedeutenden Jagdrennen teilnehmen konnte."

Lady Tallent hatte mitfühlend genickt. Bevor sie sich jedoch dazu äußern konnte, war ein junger Mann herangetreten, um sich zu verabschieden: „Leb wohl, Tante Alice. Mein Regiment rückt morgen aus."

„Leb wohl, mein lieber Lionel, und paß gut auf dich auf."

„Mach' ich", hatte der junge Offizier erwidert. „Übrigens muß ich mich auch noch von der alten Herzogin verabschieden. Sie hat sich das ausbedungen und mir aufgetragen, dich zu bitten, nach einer neuen Gesellschafterin für sie Ausschau zu halten."

„Nicht schon wieder!" hatte Lady Tallent bestürzt ausgerufen. „Die armen Dinger halten es nie länger als einen Monat bei ihr aus."

Der junge Mann hatte lachend erwidert: „Weißt du, Tantchen, da schlage ich mich lieber mit Napoleon herum. Der ist bestimmt nicht so unleidig und herrisch wie der alte Drachen."

Lady Tallent hatte in sein Lachen eingestimmt und Sandra dann erklärt: „Wir sprachen über die Gräfin von Kyle. Sie ist sehr alt und etwas exzentrisch. Keine ihrer Gesellschafterinnen hat es länger als einen Monat bei ihr ausgehalten. Alle erklärten übereinstimmend, daß sie von der alten Dame an den Rand des Wahnsinns getrieben worden seien."

„Klingt furchterregend", hatte Sandra festgestellt.

„Das ist sie auch", hatte ihr Lady Tallent bestätigt. „Mein Neffe hat sicher recht. Napoleon ist weniger schlimm." Sie hatten beide gelacht.

Dann hatte die Prinzessin de Lieven Sandra zu sich gebeten, um sie einigen jungen Leuten vorzustellen, die unbedingt ihre Bekanntschaft machen wollten.

Sandra erinnerte sich jetzt wieder an dieses Gespräch und überlegte, daß sie sich vielleicht als Gesellschafterin bei der alten Dame bewerben könnte. Sicher war das immer noch angenehmer, als eine Horde ungezogener Kinder unterrichten zu müssen. Außerdem fand sie es interessanter, aus Zeitungen vorzulesen, als aus Schulbüchern.

Dann fiel ihr noch etwas ein. Als sie die Party verlassen hatte, war sie zur Prinzessin gegangen, um sich für die Einladung zu bedanken. Lady Tallent war bei ihr gewesen und hatte sich auch gerade verabschiedet.

„Fahrt ihr nach Brighton?" hatte sich die Prinzessin bei ihrer Freundin erkundigt.

„Nein, mein Mann weigert sich, weil man dort zu viele Verwandte, einschließlich der Gräfin von Kyle und Willoughby trifft."

„Sicher hat dein Gatte recht. Ich finde zu viele Verwandte am gleichen Ort auch unerträglich", hatte ihr die Prinzessin versichert.

„So geht's mir auch . Deshalb ziehen wir aufs Land und ruhen uns von den Anstrengungen der Saison aus." Kurz danach war Lady Tallent gegangen.

Sandra überlegte sich, wie schön es wäre, wieder an der See zu sein wie vor kurzem noch in Devonshire. In Brighton würde sie auch berühmten Persönlichkeiten begegnen, dem Kronprinzen zum Beispiel, der dort eine Sommerresidenz besaß.

Jedenfalls würde das mehr Spaß machen, als mit Großtante Matilda von morgens bis abends zu beten, sagte sie sich, und mit einemmal war ihr, als hätten sich die düsteren Wolken am Nachthimmel verzogen. Sie fühlte sich nicht mehr ängstlich und unsicher, sondern war voller Tatendrang.

Ein Ausweg aus ihrer Misere hatte sich ihr offenbart, und sie erkannte instinktiv, daß sie Erfolg haben würde.

## 2

Sandra huschte durch die Hintertür, die zum Hof hinter dem Haus führte. Sie wußte, daß während der Teepause der Dienstboten immer nur ein Lakai in der Halle Dienst tat. Da sie vermeiden wollte, irgendwelche Fragen nach ihrem Ziel beantworten zu müssen, hatte sie den Hinterausgang gewählt.

Auf ihre Garderobe hatte sie große Sorgfalt verwandt. Sie trug ein einfaches Straßenkleid und einen dazu passenden Hut, von dem sie das schmückende Bänderwerk entfernt hatte, damit er nicht zu aufgeputzt und sie selbst als Gesellschafterin glaubwürdig wirkte.

Älter konnte sie sich allerdings nicht machen und hoffte inständig, daß die Gräfin von Kyle keinen Anstoß an ihrem jugendlichen Alter nehmen würde.

Wenn sie nicht eingestellt wurde, blieb ihr nichts anderes übrig, als sich anderswo um eine Stelle zu bewerben.

„Bitte, lieber Gott, hilf mir, daß die Gräfin mich einstellt", betete sie, als sie wenig später den Berkeley Square erreichte, wo sich das Stadthaus der Kyles befand.

Es war nicht schwer gewesen, die Adresse zu erfahren. Der Zufall hatte es gewollt, daß ihr Vater die prächtigen Rennpferde des Grafen lobend erwähnte, und sie hatte ihn, als ihre Stiefmutter nicht anwesend war, beiläufig gefragt: „Ist das Stadthaus der Kyles eines der prächtigen Gebäude an der Park Lane?"

Ihr Vater schüttelte den Kopf. „Nein. Es befindet sich am Berkeley Square, gleich neben dem des Marquis von Lansdowne. Als junger Mann war ich mal drin und habe die Ahnenporträts bewundert, die zu den schönsten zählen, die ich je gesehen habe."

Damit hatte er ihr verraten, was sie wissen wollte, und Sandra hatte rasch das Thema gewechselt. Er sollte sich nicht an diese Unterhaltung erinnern, wenn sie später vermißt wurde.

Bis zum Berkeley Square war es von ihrem Haus in der Hill Street nur ein kurzer Spaziergang.

Interessiert betrachtete Sandra den kleinen Tempel inmitten des Gartens, den nur die Hausbesitzer betreten durften. Als sie die Stufen zur Haustür hochstieg, klopfte ihr das Herz bis zum Hals, und sie betete zu Gott und zu ihrer Mutter, daß sie Erfolg haben möge.

Die Tür wurde von einem Lakaien mit gepuderter Perücke geöffnet, der eine imposante, bordeauxfarbene Livree mit goldenen Tressen trug.

„Ich möchte der Gräfin von Kyle meine Aufwartung machen", sagte Sandra.

Der Lakai sah sich hilfesuchend nach dem Butler um, der in diesem Augenblick aus der Dunkelheit der Halle auftauchte. Einen solchen Butler hätte Sandra sich für die Priorei gewünscht.

„Werden Sie von Mylady erwartet, Madam?" fragte er.

„Ich komme auf Empfehlung einer Freundin von Mylady, die mir mitteilte, daß die Gräfin eine neue Gesellschafterin sucht."

Einen Augenblick lang starrte der Butler sie an, als glaube er, sich verhört zu haben, dann forderte er sie in dem gleichen höflichen Ton wie zuvor auf, ihm zu folgen; er werde sie bei seiner Herrin anmelden.

Er öffnete eine Tür am Ende der Halle, und Sandra fand sich in einem entzückenden Salon wieder, der in altmodischem Stil eingerichtet war. Alles wirkte sehr kostbar, auch das Porträt über dem Kaminsims, das einen von Van Dyck gemalten Ahnen der Kyles zeigte.

Sie schaute sich das Bild an, als die Tür aufging und eine Frau das Zimmer betrat, in der Sandra die Hausdame vermutete.

„Guten Morgen!" sagte sie in leicht gereiztem Ton.

„Guten Morgen", erwiderte Sandra artig.

„Wie ich hörte, wollen Sie sich um die Stellung der Gesellschafterin bewerben."

Abschätzend sah sie Sandra an und fuhr dann fort: „Eines lassen Sie sich gleich gesagt sein: Sie sind für diesen Posten viel zu jung. Es ist daher sinnlos, Mylady mit Ihrer Vorstellung zu behelligen."

Ihr feindseliger Ton verriet Sandra, daß sie gegen jede Gesellschafterin ihrer Herrin war.

Mit dem ihr eigenen Einfühlungsvermögen erfaßte Sandra, daß sie es offenbar mit der Kammerzofe der alten Gräfin zu tun hatte. Sie erinnerte sich, daß ihre Mutter früher, als sie noch nicht verarmt waren, auch eine Kammerzofe namens Jones gehabt hatte. Sie hatte ständig mit Sandras Kindermädchen und später auch mit ihrer Gouvernante Streit gehabt.

Besonders die Gouvernanten fühlten sich erhaben über die Kammerzofen, die sie als gewöhnliche Dienstboten betrachteten. Miß Jones hatte ihrer Mutter bis ins hohe Alter treu gedient, während die Gouvernanten sich gegenseitig die Klinke in die Hand gegeben hatten.

Sie wußte, wie sie vorgehen mußte, um diese Frau für sich zu gewinnen. Sie rang die Hände und sah sie flehend an.

„Bitte, helfen Sie mir. Ich brauche die Stellung so dringend, und ich werde Ihnen in jeder Weise behilflich sein, wenn ich sie bekomme."

Die ältliche Kammerzofe sah sie erstaunt an.

„In welcher Weise glauben Sie, mir helfen zu können?" fragte sie verblüfft. Das klang eher neugierig als ablehnend.

„Da Sie so um das Wohl von Mylady besorgt sind", sagte Sandra mit leisem Lächeln, „müssen Sie ihre Kammerzofe sein. Sie bedeuten ihr wohl sehr viel."

Der Gesichtsausdruck der Frau verriet ihr, daß sie den richtigen Ton getroffen hatte.

„Sie haben recht. Ich diene Mylady bereits seit dreißig Jahren und versichere Ihnen, daß sie ohne mich nicht zurechtkäme."

„Davon bin ich überzeugt", sagte Sandra, „aber zuweilen müssen die vielen Pflichten doch ermüdend für Sie sein. Ich kann zum Beispiel sehr gut nähen, und meine Mutter behauptete immer, daß mit zunehmendem Alter das Nähen von schwarzer Kleidung immer mühseliger werde."

Sie wußte, daß die Zofe ihr darin recht gab, obwohl sie es nicht sagte. Nachdenklich betrachtete sie Sandra, bevor sie murmelte:

„Ich werde Mylady fragen, ob sie bereit ist, Sie zu empfangen. Ich möchte aber keine falschen Hoffnungen bei Ihnen wecken."

„Vielen, vielen Dank!" sagte Sandra erleichtert und folgte der Kammerzofe über eine wunderschöne alte Treppe in den ersten Stock. Vor einer massiven Mahagonitür bat die Frau sie zu warten.

Sandra betrachtete die Ahnengemälde der Kyles an den Wänden des langen Flurs, die von den berühmtesten Künstlern ihrer Zeit gemalt worden waren.

Das Mobiliar stammte aus verschiedenen englischen und französischen Stilepochen und verriet, daß die Kyles im Gegensatz zu den Blackstones immer sehr vermögend gewesen waren.

Endlich wurde die Tür geöffnet, und die Kammerzofe erschien wieder.

„Mylady möchte Sie kennenlernen", sagte sie. „Keine Angst. Hunde, die bellen, beißen bekanntlich nicht."

Sandra lächelte ein wenig nervös.

„Nochmals vielen Dank für Ihre Fürsprache", sagte sie leise. „Das war sehr freundlich von Ihnen." Dann folgte sie der Zofe durch die Tür in einen Vorraum, von dem zwei Türen abgingen.

Die Kammerzofe öffnete die linke und ließ Sandra ins Schlafgemach der Gräfin eintreten. Rasch ließ Sandra ihren Blick durch den Raum wandern:

Ein schwerer handbestickter Seidenvorhang umschloß das breite Bett und war mit einer Seidenkordel an den vier Bettpfosten befestigt. In einem Berg von spitzenbesetzten Kissen lehnte eine alte, rothaarige Frau.

Sofort wurde Sandra an Königin Elizabeth erinnert, die ebenfalls eine knallrote Perücke getragen hatte. Die weiße, durchsichtige Haut bildete dazu einen auffallenden Kontrast, die Augen waren dunkel und scharf. Sandra fühlte sich wie von einem neugierigen Papagei von oben bis unten gemustert.

Die Gräfin trug zwei riesige Brillantohrringe, die bei jeder Kopfbewegung blitzten, und fast jeder Finger ihrer welken Hände war mit Brillant- und Smaragdringen geschmückt, die in der Sonne blinkten.

Während Sandra langsam auf das Himmelbett zuging, glaubte sie sich auf eine Bühne versetzt und eine Rolle in einem Schauspiel zu bekleiden, das sich um die Person der Gräfin rankte.

Vor dem Bett angelangt, machte sie einen Knicks und wartete darauf, angesprochen zu werden.

„Wie ist Ihr Name?"

Die Stimme klang scharf und keineswegs so alt, wie die Sprecherin aussah.

„Wade, Madam."

Sandra hatte den Namen einer ihrer ehemaligen Gouvernanten gewählt.

Die Gräfin sah sie durchdringend an.

„Sie sind jung und sehr hübsch", stellte sie fest. „Warum wollen Sie Ihre Zeit mit einer alten Frau vergeuden?"

Sandra lächelte.

„Ich dachte mir, daß es sehr interessant bei Ihnen sein könnte, Madam – wenn mir das Glück zuteil würde, engagiert zu werden."

Während sie sprach, streckte sie der alten Dame einen Umschlag hin, den sie die ganze Zeit schon in der Hand gehalten hatte.

„Ich habe zwei Empfehlungsschreiben früherer Brotgeber mitgebracht, denen ich gedient habe."

Die Gräfin nahm ihr den Umschlag nicht ab, sondern sagte nach einer Weile: „Sie sollten sie mir vorlesen. Ich hasse es, wenn jemand nuschelt und die Worte nicht richtig aussprechen kann."

Wäre Sandra nicht so nervös gewesen, dann hätte sie in diesem Augenblick losgelacht.

Sie öffnete den Umschlag und entnahm ihm die beiden Empfehlungsschreiben, die sie selbst verfaßt hatte.

Beim ersten war es ihr leichtgefallen. Sie hatte nur einen Briefbogen aus dem Sekretär entnehmen müssen, den ihre Stiefmutter, die neue Lady Blackstone, mit großem Aufwand hatte drucken lassen.

*„Hiermit bestätige ich, daß Miß Wade sich als Gesellschafterin ausgezeichnet bewährt hat. Sie stand über ein Jahr lang in meinen Diensten. Ich hätte mich nicht von ihr getrennt, hätten mein Vater und meine Mutter nicht ihre Dienste benötigt, da sie mit zunehmendem Alter Mühe beim Lesen haben und auf eine Vorleserin angewiesen sind. Miß Wade wird Ihnen ganz gewiß eine große Hilfe sein."*

Mit ihrer weichen, melodischen Stimme las Sandra das Schreiben vor und fügte hinzu: „Es ist von Lady Blackstone unterzeichnet, die leider kurz darauf gestorben ist."

Sie versuchte, das leichte Zittern ihrer Stimme zu unterdrücken, das sich stets einstellte, wenn sie vom Tod ihrer Mutter sprach. Damit die Herzogin keinen Verdacht schöpfte, widmete sie sich dem zweiten Schreiben.

„Es stammt von Lady Blackstones Vater“, sagte sie, „General Sir Alexander Montgomery Soames.“

Bevor sie beginnen konnte, wurde sie von einem lebhaften Ausruf der Gräfin unterbrochen:

„Gütiger Himmel, er lebt noch? Ich habe ihn vor vielen Jahren kennengelernt, als er noch jung und fesch war und vielen jungen Närrinnen das Herz gebrochen hat.“

„Er sieht immer noch hinreißend aus“, entfuhr es Sandra.

„Ich könnte mir aber vorstellen“, bemerkte die Gräfin trocken, „daß er zwischenzeitlich zu alt ist, um den Frauen schöne Augen zu machen wie damals.“

„Damals hätte ich ihn gern erleben wollen“, sagte Sandra. „London muß in jener Zeit sehr aufregend und interessant gewesen sein.“

„Das war es“, bestätigte die Gräfin, „und wir sahen mit unseren Reifröcken und den gepuderten Perücken viel anmutiger aus als die Jugend heutzutage.“

Sie gab einen verächtlichen Laut von sich und fuhr fort: „Sie tragen Musselinkleider, die wie Leichenhemden aussehen, und das Haar strähnig und ungepflegt. Kaum zu glauben, daß die Männer sie überhaupt beachten.“

Das klang so komisch, daß Sandra unwillkürlich lachen mußte. Dann sagte sie animiert: „Wie war es eigentlich, wenn man sich das Haar puderte? Störte es nicht manchmal, auch wenn es als außerordentlich attraktiv galt?“

Die Gräfin machte Anstalten, ihr zu antworten, überlegte es sich dann jedoch anders und sagte streng: „Lesen Sie mir jetzt das Empfehlungsschreiben des Generals vor. Danach sollten Sie mir freundlicherweise meine Fragen beantworten.“

„Ich bitte um Verzeihung“, murmelte Sandra verlegen, „aber ich habe mich immer danach gesehnt, einmal eine Persönlichkeit wie Sie kennenzulernen, Madam, die damals eine der gefeierten Schönheiten war und in höfischen Kreisen verkehrte.“

Das entsprach der Wahrheit. Ihre Großmutter hatte ebenso wie ihre Mutter immer nur auf dem Land gelebt und stundenlang von Erlebnissen aus ihrer Jugend erzählen können, ohne jedoch jemals Zugang zu der prominenten Gesellschaft gehabt zu haben, den ihre Stiefmutter sich jetzt mit allen Mitteln erzwingen wollte.

Da die Gräfin ihrer äußeren Erscheinung noch immer große Sorgfalt angedeihen ließ, mußte Sandra daraus schließen, daß sie einst eine Schönheit gewesen war. Trotz der tiefen Falten waren die ebenmäßigen Gesichtszüge noch gut zu erkennen und ließen erahnen, daß diese Frau einst von auffallendem Liebreiz gewesen war. Ihre selbstsichere, überlegene Art verstärkte diesen Eindruck noch.

Da Sandra befürchten mußte, sich nicht ihrer Rolle gemäß verhalten zu haben, öffnete sie hastig den zweiten Umschlag.

Es hatte sie einige Mühe gekostet, einen Briefbogen ihres Großvaters aufzutreiben. Schließlich hatte sie einen gefunden, den sie einmal als Lesezeichen benutzt hatte. Er war ein wenig zerknittert, was ihrer Meinung nach das Ganze noch glaubwürdiger machte.

Knapp und sachlich, wie es zu ihrem Großvater paßte, war der Text, den sie jetzt laut vorlas:

*„Hiermit möchte ich meiner Überzeugung Ausdruck verleihen, daß Miß Wade sich für eine Stellung empfiehlt, die Verantwortungsgefühl und Umsicht erfordert. Meine Frau und ich konnten uns jederzeit auf ihre Umsicht, Verläßlichkeit und absolute Diskretion verlassen.“*

Aufblickend fügte Sandra hinzu: „Das Schreiben ist mit *Alexander Montgomery Soames* unterzeichnet.“

„Gute Referenzen", mußte die alte Gräfin beinahe widerwillig zugeben. Nach einer Weile sagte sie zögernd: „Sie müßten sofort anfangen. Ich reise morgen nach Brighton."

Sandra holte zitternd Luft.

„Heißt das . . . Sie wollen mich einstellen, Madam?"

„Ich lasse es auf einen Versuch ankommen", erwiderte die Gräfin. „Wenn Sie nichts taugen oder mir in irgendeiner Weise mißfallen, können Sie sofort wieder gehen!"

„Ja, natürlich . . . ich verstehe", entgegnete Sandra. „Danke, daß Sie mir eine Chance geben wollen." Sie atmete tief durch und fügte dann lebhaft hinzu: „Es ist bestimmt sehr aufregend in Brighton."

„Warum?" fragte die Gräfin in scharfem Ton. „Wollen Sie etwa auch den Kronprinzen anglotzen wie all die anderen Tagediebe, die nichts anderes zu tun haben?"

„Sicher wäre es interessant, ihn einmal sehen zu können", entgegnete Sandra ehrlich.

„Hoffentlich gefällt Ihnen, was Sie zu sehen bekommen", bemerkte die Gräfin spöttisch, „einschließlich dieser Frau, die er geheiratet haben soll, obwohl ich ihn nicht für so idiotisch halte, wegen einer katholischen Witwe seinen Thron aufs Spiel zu setzen."

Darüber mußte Sandra unwillkürlich lachen und bekam gleich die erste Rüge.

„Sie brauchen nicht über alles, was ich von mir gebe, wie ein albernes Schulmädchen zu kichern. Ich halte mit meiner Meinung nicht hinter dem Berg – das habe ich mein Leben lang nicht getan und werde auch jetzt meine Worte nicht auf die Goldwaage legen, nur weil ich schon mit einem Fuß im Grab stehe."

„Warum sollten Sie auch?" gab Sandra zurück. „Verzeihen Sie, Madam, wenn ich Ihre Worte erheiternd fand, aber ich glaubte immer, so etwas sagt man sich nur in Büchern."

„Sie lesen also?“

„In jeder freien Minute“, erwiderte Sandra. „Und ich hoffe, Ihnen vorlesen zu dürfen.“

„Dafür werden Sie bezahlt“, bemerkte die Gräfin und läutete eine kleine goldene Glocke, die vor ihr auf dem Bett lag.

Sofort ging die Tür auf, und Sandra hatte den Verdacht, daß die Kammerzofe gelauscht hatte.

„Nun, Robinson, sollen wir diesem Kind eine Chance geben? Ob sie etwas taugt, sei allerdings dahingestellt.“

Sandra sah die Kammerzofe bittend an.

„Sie hat sich erboten, mir zu helfen, Mylady“, entgegnete Miß Robinson. „Das hat keine der anderen für nötig befunden.“

„Dann sollen Sie Ihren Willen haben. Dieses ständige Kommen und Gehen ruiniert nur meine Teppiche.“

Sandra konnte es noch nicht fassen. Fasziniert lauschte sie dem Gespräch der beiden alten Damen, das sie so umwerfend komisch fand, daß sie es im Gedächtnis behalten wollte, um es später aufzuscheiben. Wenn ihre Mutter noch gelebt hätte, dann hätte sie sich bestimmt auch darüber amüsiert.

Sie blickte von einer zur anderen und stellte fest, daß sie es zutiefst bedauert hätte, wenn sie nicht hätte bleiben dürfen, nicht nur wegen Tante Matilda.

„Also gut“, sagte die Gräfin, als hätte Miß Robinson für sie entschieden. „Dann holen Sie jetzt Ihr Gepäck. Wenn Sie eingestellt werden, bekommen Sie zwanzig Pfund im Jahr. Ihr Gehalt wird monatlich ausgezahlt.“

„Vielen Dank, Madam! Vielen herzlichen Dank!“ Sandra zögerte einen Augenblick, dann fügte sie hinzu: „Eins noch, Madam. Dürfte ich morgen in der Frühe meine Stellung antreten, statt bereits über Nacht hierzubleiben? Ich habe noch einiges zu erledigen, das sehr wichtig für mich ist.“

Sie fürchtete schon, die Gräfin werde ihre Bitte abschlagen, weil sie sich mit der Antwort Zeit ließ. „Ich breche Punkt zehn Uhr nach Brighton auf. Wenn Sie bis dahin nicht da sind, fahre ich ohne Sie. Haben Sie verstanden?“

„Ja, natürlich, Madam“, erwiderte Sandra erleichtert. „Ich verspreche Ihnen, rechtzeitig zur Stelle zu sein.“

Sie verabschiedete sich mit einem tiefen Knicks und bedankte sich noch einmal bei Miß Robinson, als diese sie zur Haustür geleitete.

„Ihnen allein habe ich zu verdanken, daß ich eine Chance eingeräumt bekam. Das werde ich Ihnen nie vergessen.“

Die geschmeichelte Miene der Kammerzofe verriet ihr, daß sie den richtigen Ton getroffen hatte. Beschwingt stieg sie die Treppe hinunter. Die Vorfreude auf den morgigen Tag beflügelte sie.

Die Gräfin mochte zuweilen etwas schwierig und unleidig sein, bot ihr jedoch auf jeden Fall ein aufregenderes und abwechslungsreicheres Leben als die frömmelnde Großtante Matilda im abgelegenen Bedfordshire.

Diese Stellung würde auf jeden Fall eine Bereicherung für sie sein, eine Erfahrung, die sie ihr ganzes Leben lang nicht vergessen würde.

Sie schritt durch die von einem Lakai weit geöffnete Haustür auf den Platz hinaus und sandte dabei ein Dankgebet an ihre Mutter und an den lieben Gott gen Himmel. Sie hätte vor Freude und Erleicherung jubeln mögen, war es ihr doch tatsächlich gelungen, die tückischen Pläne ihrer Stiefmutter zu durchkreuzen. Es schmerzte sie zwar, nicht nach Hause in die Priorei zurückkehren zu dürfen, aber sie tröstete sich damit, daß sie dafür Brighton kennenlernen würde, dieses berühmte Seebad, in dem sich die Prominenz des ganzen Landes ein Stelldichein zu geben pflegte.

Ich bin sehr, sehr glücklich! triumphierte sie innerlich, als sie sich auf dem gleichen Weg unbemerkt in Blackstone House einschlich, wie sie es verlassen hatte.

Sie huschte die Treppe hoch und überlegte, wie sie sich am folgenden Morgen heimlich davonschleichen konnte, ohne daß jemand erfuhr, was sie tatsächlich vorhatte.

Ihr kühner Plan ließ sich leichter verwirklichen, als sie angenommen hatte.

Ihrem Vater hinterließ sie eine Nachricht, daß sie eine frühere Postkutsche nach Bedfordshire genommen habe, als von ihrer Stiefmutter geplant. Und sie fügte erklärend hinzu:

*„Ich glaube, Mama hätte auch mißbilligt, daß ich allein mit der Abendkutsche reise. Deshalb hielt ich es für passender, früher loszufahren, damit ich zum Tee am Zielort bin.*

*Bitte, verzeih mir, liebster Papa, daß ich Dich nicht am Abend zuvor von der Änderung meiner Pläne unterrichtet habe und mich deshalb auch nicht von Dir verabschieden konnte. Ich werde immer an Dich denken und Dich schrecklich vermissen. Deshalb ist es leichter für mich, ohne tränenreichen Abschied von Dir zu gehen.*

*Vergiß mich nicht ganz.*

*Deine Dich liebende Tochter Sandra.“*

Die Anspielung auf die Wünsche ihrer Mutter würde ihren Vater rühren, ebenso ihre Äußerung, wie sehr sie ihn liebte.

Ihre Stiefmutter allerdings würde vor Wut schäumen, wenn sie den Brief in die Finger bekam.

Doch dadurch blieb es Sandra erspart, irgendwelche Fragen beantworten zu müssen und dem Verdacht ausgesetzt zu sein, daß sie sich den Befehlen ihrer Stiefmutter widersetzen wollte.

Ihrer Großtante teilte sie mit, daß sie ihre Pläne geändert habe und erst eine Zeitlang bei Freunden verweilen wolle, bis sie zu einem späteren Zeitpunkt bei ihr einzutreffen gedenke. Sie versprach, ihr rechtzeitig mitzuteilen, wann das sein würde.

Der Brief war so geschickt abgefaßt, daß ihre Großtante einer Antwort enthoben wurde.

Als sie schließlich zu Bett ging, fand sie keinen Schlaf. Sie fürchtete, irgend etwas könnte im letzten Moment noch schiefgehen und ihre Pläne vereiteln.

Eines der Hausmädchen hatte ihre Koffer gepackt. Die neuen Roben, die sie in London gekauft hatte, waren für eine Gesellschafterin zwar unpassend, aber sie hatte nichts anderes anzuziehen.

Sie wählte den einfachsten Sommermantel und verstaute das wenige Geld, das sie besaß, in einer schlichten Reisehandtasche. Von dem Hut, den sie tragen wollte, entfernte sie die schmückenden Bänder und Schleifen, so daß er die angemessene Kopfbedeckung für eine mittellose Gesellschafterin darstellte.

Lange bevor ihr Vater oder ihre Stiefmutter aufzustehen pflegten, begab sie sich nach unten. Die beiden neu eingestellten Lakaien zeigten keine Verwunderung über ihr frühzeitiges Erscheinen, brachten ihr Gepäck herunter und geleiteten sie zu der bereits wartenden Mietdroschke.

Dem Kutscher gab sie als Ziel den „Goldenen Schwan" in Islington an. Dort befand sich die Postkutschenstation nach dem Norden.

Erst als sie Blackstone House hinter sich gelassen und bereits die Park Lane erreicht hatten, gab sie den Berkeley Square als neues Ziel an.

„Ist aber viel kürzer als bis Islington", sagte der Kutscher mürrisch.

„Ich weiß", erwiderte Sandra, „aber ich habe es mir anders überlegt. Natürlich erstatte ich Ihnen den vollen Fahrpreis."

Das besänftigte ihn. Er wendete und lenkte sein Pferd

in die Richtung zurück, aus der sie gekommen waren, und Sandra stellte erleichtert fest, daß sie sich glücklich preisen konnte, die lange Postkutschenfahrt nicht antreten zu müssen.

Sie war noch nie allein gereist und hätte sich bestimmt gefürchtet. Nur ein Mensch, der sie so haßte wie ihre Stiefmutter, konnte auf den Gedanken kommen, sie ohne Diener auf die lange Reise nach Bedfordshire zu schikken. Es bereitet ihr Freude, mir das Leben schwerzumachen, erkannte Sandra.

Wenn sie unterwegs ausgeraubt oder gar entführt worden wäre, hätte Isobel das mit Genugtuung erfüllt.

Es war ein eigenartiges Gefühl für Sandra, jemandem so verhaßt zu sein, und sie hatte nichts daran ändern können, sosehr sie sich auch bemühte.

Als der Kutscher vor Kyle House am Berkeley Square vorfuhr, war sie zu der Überzeugung gelangt, daß alle Schwierigkeiten, die auf sie zukommen mochten, bei weitem nicht so schlimm sein konnten wie das, was sie in den letzten Monaten durchgemacht hatte.

Zunächst hatte sie geglaubt, sich für alles, was Isobel an ihr beanstandete, entschuldigen zu müssen und so ihre Stiefmutter gnädig zu stimmen. Doch dann hatte sie den blanken Haß dieser Frau zu spüren bekommen und erkannt, daß es dafür kein Heilmittel gab. Deshalb war sie ihr so oft wie eben möglich aus dem Weg gegangen. Natürlich war das nicht immer möglich gewesen.

Zuweilen hatte sie das Gefühl gehabt, daß der Haß, den Isobel gegen sie hegte, wie ein Krebsgeschwür in ihr fraß und die Luft vergiftete, die sie ausatmete.

Kaum hatte die Mietdroschke angehalten, da eilten bereits zwei Lakaien die Freitreppe herunter und luden ihr Gepäck ab.

Ich bin frei! jubelte es in ihrem Herzen. Zumindest für den Augenblick, und das allein zählt.

Es war eine lange Reise nach Brighton. Der Rekord, den der Kronprinz aufgestellt hatte, lag bei fünf Stunden und fünfunddreißig Minuten, aber Sandra erkannte, daß sie viel länger brauchen würden.

So ließ sich die Gräfin in einem Gasthof einen Lunch servieren und ruhte sich danach eine halbe Stunde aus, bevor sie die Fahrt fortsetzten.

Zur Teezeit machten sie erneut Rast und nahmen eine kräftige Zwischenmahlzeit ein.

Obwohl die bequeme Reisekutsche von einem edlen Vierergespann gezogen wurde, erreichten sie Brighton erst kurz nach Sonnenuntergang. Trotzdem konnte Sandra die prächtige Uferpromenade erkennen und einen Blick aufs Meer dahinter werfen. Ihr war, als ziehe sie ins gelobte Land ein, so großartig und atemberaubend war der Anblick, der sich ihr bot und ihre Erwartungen bei weitem übertraf.

Die Gräfin hatte während der Reise wenig geprochen. Ihre gelegentlichen sarkastischen Bemerkungen und kritischen Kommentare waren jedoch so originell und amüsant, daß Sandra sich das Lachen nicht verkneifen konnte.

Die Gräfin gehörte einer Generation an, die offen auszusprechen pflegte, was sie dachte, und so unverblümt ihre Meinung äußerte, daß die meisten Gesellschafterinnen in ihren Diensten sicher nicht selten schockiert gewesen waren.

Gewöhnlich äußerten sich nur die Herren so offen, doch die Gräfin nahm ihrer neuen Gesellschafterin gegenüber kein Blatt vor den Mund, weil es ihr nicht zustand, empfindlich oder entrüstet darauf zu reagieren.

Da Sandra häufiger mit Erwachsenen zusammen gewesen war als mit jungen Leuten, schockierte sie nichts, was die Gräfin sagte, zumal sie zuweilen glaubte, ihren Großvater reden zu hören.

Er bediente sich zuweilen einer Sprache, als befände er sich im Offizierskasino, wie ihre Großmutter vorwurfsvoll zu bemerken pflegte, und nicht im Boudoir einer Dame.

Wie die Gräfin, hatte sich auch der General abfällig über das Aussehen und die Manieren der jüngeren Generation ausgelassen, besonders über die Dandys und Stutzer, die sich um den Kronprinzen scharten.

Er vertrat die Ansicht, sie sollten lieber ihrem Vaterland dienen und die Franzosen bekämpfen.

„Aufgeblasene junge Stutzer! Saufen und Glücksspiel, weiter haben sie nichts im Sinn, diese Hohlköpfe!"

„Aber Liebster, du solltest nicht so grob verallgemeinern!" hatte seine Gattin gemahnt.

„Du weißt, daß es die Wahrheit ist", hatte der General erwidert. „An den Spieltischen werden Vermögen verplempert, und der Kronprinz hat nichts anderes im Sinn, als Weiberröcken nachzujagen und sich selbst unter den Tisch zu saufen!"

Sandra hatte interessiert zugehört und sich gefragt, ob sie wohl jemals solche Männer kennenlernen würde, die ihr Großvater so tief verachtete.

Während ihres kurzen Aufenthalts in London war es zu keinen ungewöhnlichen Begegnungen gekommen, was auf den Bällen, die sie zusammen mit ihrer Stiefmutter besucht hatte, auch nicht zu erwarten war. Man hatte immer die gleichen Leute getroffen.

Sie hatte wenig Zeit gebraucht, um zu erkennen, daß die sogenannte vornehme Gesellschaft viel weniger amüsant und glanzvoll war, als sie es sich vorgestellt hatte, und die Angehörigen der *Beau Monde,* über die sich ihr Großvater so ausgelassen hatte, nicht anwesend waren.

Ehrbarkeit ist zweifellos ziemlich langweilig, dachte sie lächelnd.

Nun würde sie in Brighton all die Persönlichkeiten sehen, deren Karikaturen die Zeitungen füllten, die Lords und Ladys, die für ihre Stiefmutter die große Welt bedeuteten.

„Gibt es in deinem Club auch Dandys?" hatte sie einmal ihren Vater gefragt.

„Wenn es welche gäbe, würde ich ihnen aus dem Weg gehen", lautete seine Antwort, und sie hatte von ihm nichts anderes erwartet.

Jetzt bekam sie zum erstenmal die weltberühmte Promenade zu sehen, die als „Steine" bekannt war, und auf der sich die Elite des Landes tummelte.

Sie hoffte, einige der Dandys zu sehen zu bekommen, die „Unvergleichlichen", wie sie genannt wurden, und natürlich auch den Kronprinzen selbst.

Sie fuhren am Kuppelbau des Marine-Pavillons vorbei und erreichten bald darauf Kyle House mit Blick aufs Meer.

Die Gräfin hatte Sandra bereits erzählt, daß es in den dreißiger Jahren von ihrem Schwiegervater errichtet worden war, lange bevor der Kronprinz das kleine Fischerdorf Brightelmstone in einen mondänen Badeort verwandelt hatte.

Das Meer hatte ihn fasziniert, zumal ihm sein riesiger Besitz in Buckinghamshire und all die anderen Landsitze, die er besaß, langweilten, und so hatte er seinen Einzug in Brighton gehalten.

„Er wollte mit seinen Büchern und seinen Studien allein sein", wußte die Gräfin über die Beweggründe ihres Schwiegervaters zu berichten, „deshalb baute er sich in dieser vermeintlichen Einöde ein Haus und ahnte nicht, daß die Kreise, deren Oberflächlichkeit er so verachtete, sich Jahre später hier niederlassen würden."

Sandra erkannte, was sie damit meinte, als sie die Paläste zu beiden Seiten von Kyle House erblickte. Dahinter entstanden kleinere Landhäuser, die nach Aussage der Gräfin „wie Pilze aus der Erde schossen“, weil immer mehr Leute dahin strebten, wo der Kronprinz und sein Gefolge sich aufhielten.

„Schmarotzer der Gesellschaft sind zäh wie Efeu“, sagte die Gräfin verächtlich, „und genauso nutzlos und schädlich, wenn sie sich wie Kletten an jemanden klammern.“

Das Haus bot ihnen nach der langen, anstrengenden Reise allen Komfort, den man sich vorstellen konnte. Große Fenster mit Blick aufs Meer und behagliche Räume mit gediegener Einrichtung luden zum Verweilen ein.

Sandra bekam ein entzückend eingerichtetes Schlafzimmer zugewiesen, das sich auf demselben Flur befand wie die Räume der Gräfin.

Insgeheim hatte sie befürchtet, in den Dienstbotenflügel oder ins Dachgeschoß verbannt zu werden. Sie war ziemlich sicher, daß sie diesen Vorzug Miß Robinsons Fürsprache verdankte.

Ein Hausmädchen half ihr beim Auspacken ihrer Koffer und schien über den Umfang ihres Gepäcks nicht wenig erstaunt. Es war zusammen mit der Kammerzofe in einem Break befördert worden. Außerdem hatten sich noch mehrere Dienstboten in ihrer Begleitung befunden, die das bereits im Haus vorhandene Personal unterstützen sollten.

Das Diner war ausgezeichnet und offenbar von einem noch vortrefflicheren Küchenchef zubereitet worden, als ihre Stiefmutter zur Verfügung hatte.

Als Sandra sich lobend über die Speisen ausließ, erwiderte die Gräfin: „Sie sollten dem Chefkoch mitteilen, daß es Ihnen geschmeckt hat. Die meisten Ihrer Vorgängerinnen haben ihn fast zur Verzweiflung getrieben mit ihren Sonderwünschen und Unverträglichkeiten.“

„Welcher Art waren die?“ erkundigte sich Sandra belustigt.

„Die eine aß keinen Käse, die andere mochte keinen Fisch, und dann erinnere ich mich noch an eine, die statt Fleisch jeden Tag grünen Salat aß und beleidigt war, wenn sie keinen bekam.“

„Ich fürchte, ich bin ein tüchtiger Esser“, erklärte Sandra lächelnd, „und wenn es jeden Tag so gute Sachen gibt, werde ich unverschämt zunehmen.“

„Das bezweifle ich“, sagte die Gräfin und erhob sich. „Ich werde mich jetzt zur Ruhe begeben. Sie können sich die Zeit ja mit einem Buch vertreiben.“

„Sehr gern“, entgegnete Sandra gerade, als die Tür zum Eßzimmer aufging und ein Mann eintrat.

Er sah genauso aus, wie Sandra sich die Partylöwen der feinen Londoner Gesellschaft vorstellte. Aber außer den jungen Männern auf der Gesellschaft der Prinzessin de Lieven hatte sie keinen zu Gesicht bekommen, als sie mit ihrer Stiefmutter in der Metropole weilte.

Der Mann, der soeben eingetreten war, hatte mit den sehr jungen Offizieren und ein wenig faden Aristokraten, die sie kennengelernt hatte, nicht viel gemein.

Er war ihrer Schätzung nach an die Dreißig und trat sehr selbstbewußt auf. Seine Kleidung entsprach der neuesten Mode, ohne stutzerhaft zu wirken. Sie war von echter, unaufdringlicher Eleganz.

Noch nie hatte sie eine so makellos gebundene weiße Krawatte an einem Mann gesehen, so spiegelblank polierte Schaftstiefel, hautenge champagnerfarbene Beinkleider und einen tadellos sitzenden Cut.

„Ich hatte dich nicht vor morgen hier erwartet!“ rief er erfreut aus.

Seine Stimme klang sehr melodisch, und Sandra war sicher, den Grafen von Kyle, den Enkelsohn der Gräfin, vor sich zu haben.

Seine Lippen streiften die Wange seiner Großmutter.
„Wie geht es dir, Großmama?“ fragte er sie. „Überflüssige Frage, wie? Sonst wärst du nach der langen anstrengenden Reise nicht mehr unten im Speisezimmer.“

„Ich bin noch nicht tot“, gab die Gräfin bissig zurück. „Vermutlich wirst du uns keine Gesellschaft leisten, oder?“

„Nein. Ich muß mich rasch umziehen“, erwiderte der Graf. „Bin im Pavillon zum Dinner eingeladen. Seine Königliche Hoheit besteht auf meiner Teilnahme.“

„Vermutlich ist eine gewisse Mrs. Fitzherbert ebenfalls mit von der Partie“, bemerkte die Gräfin spöttisch.

„Selbstverständlich“, erwiderte der Graf, „und noch viele andere Leute, die heute angekommen sind und die selbst du amüsant finden wirst.“

„Das bezweifle ich“, entgegnete die Gräfin, „aber ich freue mich trotzdem auf eine Begegnung mit ihnen.“

Der Graf lachte belustigt und schien erst in diesem Augenblick Sandras Anwesenheit zu bemerken. Sie fühlte sich auf beinahe unverschämte Weise von ihm gemustert, als die Gräfin sie vorstellte: „Meine neue Gesellschafterin, Miß Wade.“

Der Graf neigte leicht den Kopf, und Sandra erhob sich von ihrem Stuhl und knickste leicht. Sie überlegte gerade, ob es schicklich sei, sich zurückzuziehen und die beiden allein zu lassen, als sie den Grafen spotten hörte:

„Seit wann holst du dir deine Gesellschafterinnen aus den Schulräumen, Großmama?“

Sandra empfand seine Bemerkung als Kränkung und ahnte nicht, daß sich das in einem unwilligen Blitzen ihrer Augen äußerte, das dem Grafen nicht entging.

„Sie hat Referenzen von General Sir Alexander Montgomery Soames“, erwiderte die Gräfin, „der dir vermutlich kein Begriff ist.“

„Natürlich habe ich schon von ihm gehört“, erwiderte

der Graf. „Einer der Helden von Indien, den ich längst für tot hielt."

Sandra preßte die Lippen zusammen. Sie empfand die Bemerkung des Grafen als Beleidigung ihres Großvaters, der ihrer Meinung nach mit Recht gegen die hohlköpfigen Salonlöwen zu Felde gezogen war, zu denen der Graf offenbar gehörte.

Er sah sie noch immer unverwandt an und sagte dann: „Ich frage mich, wie lange Sie es wohl bei meiner berüchtigten Großmutter aushalten werden. Ich gehe jede Wette ein, daß Ihr Gastspiel nur von kurzer Dauer sein wird."

„Ich finde, Eure Lordschaft täten besser daran, Euer Geld sinnvoller zu verwenden", entgegnete sie spontan und erkannte im gleichen Augenblick, daß ihr eine solche Erwiderung in ihrer Position nicht zukam, schon gar nicht in einem so schnippischen Ton.

Zweifellos war der Graf befremdet, während die alte Dame amüsiert kicherte.

„Du wirst feststellen müssen, daß Miß Wade nicht auf den Kopf gefallen ist", bemerkte sie, „und daß ein hübsches Gesicht nicht immer auf ein Dummchen schließen läßt!"

Die Lippen des Grafen zuckten, als er erwiderte: „Da ich mich von euch beiden gerügt fühle, ziehe ich mich besser zurück. Ich wünsche allerseits eine gute Nacht."

Wieder hob er die blaugeäderte Hand mit den vielen blitzenden Ringen flüchtig an die Lippen und verließ, ohne Sandra noch eines Blickes zu würdigen, mit bedächtigen Schritten den Raum.

Als er gegangen war, sagte Sandra verlegen: „Tut mir leid. Ich wollte nicht vorlaut sein."

„Sie haben ihn aus der Fassung gebracht", erwiderte die Gräfin. „Mein Enkelsohn ist es gewohnt, daß alle Frauen bei seinem Anblick dahinschmelzen, bevor er noch Notiz von ihnen genommen hat."

„Warum denn das?“ fragte Sandra ehrlich erstaunt.

Die Gräfin bedachte sie mit einem abschätzenden Blick, als zweifle sie daran, daß sie wirklich so naiv war. Dann erklärte sie: „Mein Enkelsohn ist, wie Sie gesehen haben, nicht nur ein sehr gutaussehender Mann, sondern auch noch ungemein vermögend – und diese beiden Vorzüge finden die meisten Frauen unwiderstehlich.“

„Sie meinen, sie möchten ihn heiraten?“

„Heiraten?“ rief die Gräfin spöttisch aus. „Wer redet denn vom Heiraten?“

Sandra verschlug es die Sprache. Offenbar bezog sich die Bemerkung der Gräfin auf solche Schönheiten der Gesellschaft, die den Kronprinzen auf Schritt und Tritt verfolgten und über die man sich in London allerlei zugeflüstert hatte.

Während ihr Großvater die reichen Nichtstuer und ihr schändliches Benehmen verurteilt hatte, waren ihrer Großmutter die Damen der *Beau Monde* ein Dorn im Auge gewesen, die Männer verführten und zu ihren Sklaven machten, ohne irgendwelche Heiratsabsichten zu hegen.

Sandra hatte ziemlich lange gebraucht, um zu erkennen, daß sie bereits verheiratet waren.

Isobel hatte sie darüber aufgeklärt, als sie ihr einmal zu verstehen gab:

„Du brauchst dir gar nicht einzubilden, daß man dich jemals ins Carlton House einladen wird.“

„Das habe ich auch gar nicht erwartet“, hatte Sandra erwidert.

„Du mußt nämlich wissen, daß der Kronprinz ebensowenig an unverheirateten jungen Mädchen interessiert ist wie seine vielen Freunde.“ Dann hatte sie wie im Selbstgespräch hinzugefügt: „Mrs. Fitzherbert ist sechs Jahre älter als der Prinz, und die Herzogin von Davonshire und Lady Jersey sind auch älter als er, ebenso die übel beleumundete Lady Lade, die einen Straßenräuber zum Liebhaber hatte, bevor sie reich heiratete."

Weil ihre Stiefmutter verbittert und enttäuscht darüber war, daß sie keinen Zugang zu diesen Kreisen gefunden hatte, war Sandra geneigt gewesen, ihre Behauptungen für übertrieben zu halten.

Jetzt wurde sie jedoch von der Darstellung der Gräfin eines Besseren belehrt.

„Zu meiner Zeit waren die jungen Männer hinter mir her, nicht umgekehrt", hörte sie die Gräfin sagen. „Aber Willoughby umschwärmen sie wie Bienen den Honigtopf. Kein Wunder, daß sie ihn anöden."

Sie nahm einen Schluck Wein, bevor sie fortfuhr: „Männer sollten die Jäger sein, nicht die Gejagten, aber mir kommt es ganz so vor, als hätte Willoughby eine ganze Meute hinter sich, die es auf sein Fell abgesehen hat. Welchem Mann mit ein bißchen Grips im Kopf kann das Spaß machen?"

„Ich habe gehört, daß Seine Lordschaft edle Pferde besitzt", versuchte Sandra das Thema zu wechseln.

„Sie bringen ihm zumindest ein paar Preise ein und erwarten nicht gleich ein Brillanthalsband von ihm, wenn er sie nur mal anlächelt", gab die Gräfin bissig zurück.

Sandra sah sie bestürzt an, dann sagte sie zögernd: „Ich verstehe nicht, wieso sich die Damen von Ihrem Enkelsohn Schmuck schenken lassen, wenn sie doch verheiratet sind. Ich meine . . . wie können ihre Gatten es dulden, daß sie von einem anderen Mann Geschenke annehmen."

Dabei erinnerte sie sich an das Gespräch, daß sie belauscht hatte, als ihre Eltern sich für eine Abendgesellschaft zurechtmachten.

„Ich wünschte, ich wäre reich genug, um dich mit schönem Schmuck zu behängen, mein Liebling", hatte ihr Vater gesagt.

Ihre Mutter hatte gelächelt und zärtlich gesagt: „Deine Küsse sind mir lieber."

„So etwas kannst nur du sagen", hatte ihr Vater erwidert. „Aber wenn wir in London wären, würdest du zwischen den anderen Schönheiten wie ein Stern strahlen und die Männer dir alle Schätze des Orients zu Füßen werfen."

„Dort würden sie auch liegenbleiben", hatte ihre Mutter lachend bemerkt. „Du glaubst doch nicht im Ernst, mein Liebster, daß ich von einem anderen Mann irgendwelche Schmuckstücke annehmen würde?"

Da die beiden nicht wußten, daß ihre Tochter sie belauschte, hatten sie sich zärtlich umarmt, und ihr Vater hatte leise gesagt:

„Du glaubst doch selbst nicht, daß ich dir erlauben würde, Schmuck zu tragen, den ein anderer dir geschenkt hat? Wenn ich dich jemals mit einem anderen erwischen würde, dann würde ich den Kerl umbringen – mit bloßen Händen!"

Ihre Mutter hatte belustigt gelacht.

„Da kannst du ganz beruhigt sein, Liebster. Im übrigen pflegen sich solche Dramen nicht bei uns auf dem Lande abzuspielen. Es besteht für dich also kein Grund zur Eifersucht."

„Natürlich bin ich eifersüchtig", entgegnete ihr Vater. „Du bist viel zu schön, als daß mich nicht jeder Mann um dich beneiden würde."

Sie hatten so glücklich ausgesehen, als sie zur Party gegangen waren, daß Sandra trotz ihrer Jugend gespürt hatte, wie sehr sie sich liebten und daß sie selbst sich später ein ebensolches Glück mit einem Mann ersehnte.

Während sie jetzt auf die Antwort der Gräfin wartete, hatten ihre Augen einen grübelnden Ausdruck.

„Zerbrechen Sie sich nicht über Willoughby den Kopf", hörte sie die alte Dame sagen. „Wenn Sie sich in Geschichtsbücher vertiefen, werden Sie feststellen, daß die meisten Frauen im Grunde ihres Herzens Kurtisanen sind und wie diebische Elstern nach allen Schätzen schnappen, die sich ihnen bieten, um sie für schlechtere Zeiten zu horten."

Sandra hielt es zwar für unwahrscheinlich, daß eine der schönen und mit einem reichen Gatten gesegneten Damen jemals „schlechtere Zeiten", kennengelernt hatte oder jemals so arm gewesen war wie ihre Eltern.

Die Gräfin hatte die Unterhaltung offenbar ermüdet, denn sie erhob sich in diesem Augenblick von ihrem Stuhl. Sandra begleitete sie zur Tür. Dabei legte ihr die alte Dame die Hand auf die Schulter.

„Morgen", sagte sie, „werden Sie einige dieser Exemplare kennenlernen, über die wir uns unterhalten haben, und können mir sagen, was Sie von ihnen halten. Was Willoughby betrifft, so bin ich heilfroh, daß er keine seiner Verehrerinnen heiraten kann."

Sie traten in die Halle hinaus, und Sandra geleitete die Gräfin, die einen sehr erschöpften Eindruck machte, die Treppe hoch.

Miß Robinson nahm sie vor ihrem Schlafgemach in Empfang.

„Wird höchste Zeit, ins Bett zu gehen, Mylady", sagte sie vorwurfsvoll. „Es war ein langer Tag und wäre vernünftiger gewesen, das Abendessen im Bett einzunehmen und sich auszuruhen."

„Ausruhen kann ich mich im Grab", gab die Gräfin bissig zurück.

Als Sandra sich ihrem eigenen Zimmer zuwandte, fügte die Gräfin hinzu:

„Schlafen Sie wohl, mein Kind. Bis morgen früh dann."

Das klang so freundlich, daß Sandra überzeugt war, zumindest für den Augenblick Gnade vor den scharfen Augen der alten Dame gefunden zu haben. Es war offensichtlich, daß der Gräfin ihre Unterhaltung bei Tisch gefallen hatte und sie nicht beabsichtigte, die neue Gesellschafterin davonzujagen. Zumindest vorläufig nicht.

Sie öffnete das Fenster in ihrem Schlafzimmer und blickte aufs Meer hinaus. Der goldene Widerschein der untergehenden Sonne beleuchtete die etwas rauhe See.

Ich bin tatsächlich hier und finde alles schrecklich aufregend, sagte sie sich und mußte an Großtante Matilda und das alte Haus in Bedfordshire denken, das einer Gruft glich.

Ich bin überglücklich und dankbar, daß ich diesem Schicksal entronnen bin, fügte sie in Gedanken hinzu.

Während sie auf das vom Wind aufgewühlte Meer sah, war ihr, als befände sie sich auf einer aufregenden Reise zu unbekannten Ufern.

Sie hatte keine Ahnung, was morgen sein würde oder übermorgen. Sie wußte nur, daß neue Eindrücke auf sie zukommen würden, daß sie Menschen kennenlernen würde, die zu den Berühmtheiten des Landes zählten, und daß sie nach etwas suchte, das ihrem Leben einen ganz neuen Sinn gab.

Sie konnte selbst nicht erklären, wonach sie genau strebte, aber sie hatte das Gefühl, sich irgendeiner Kostbarkeit zu nähern, wie einst Jason dem Goldenen Vlies, die ihr Leben auf wundersame Weise bereichern würde.

Was wird dann geschehen? fragte sie sich.

Sie blickte zum Himmel auf, als suchte sie dort die Antwort.

# 3

Sandra blickte aus dem Fenster. Bevor sie in Brighton angekommen war, hatte sie sich oft ausgemalt, wie es sein würde, wenn sie über die „Steine“, die berühmte Promenade, lustwandeln und alles, was Rang und Namen hatte und sich in Brighton aufhielt, zu sehen bekommen würde.

Da Kyle House ebenso wie das Sommerhaus von Mrs. Fitzherbert einen Balkon hatte, konnte sie die Passanten auf der Promenade beobachten, ohne sich unter sie mischen zu müssen.

Die Gräfin hatte ihr auf ihre drastische Art einige der auffälligsten Erscheinungen des Badeortes beschrieben. Sie hielten sich nicht nur deshalb in Brighton auf, weil der Kronprinz es als Sommerresidenz erwählt hatte, sondern weil sie sich tatsächlich eine Besserung ihres Gesundheitszustandes erhofften.

„Was sie krank macht“, hatte die Gräfin mit beißendem Spott gesagt, „sind die Saufgelage, die durchzechten Nächte und ihre ewigen Weibergeschichten.“

Sandra hatte hellauf gelacht und später noch von Miß Robinson erfahren, daß es alle möglichen Kuren gab, die den Besuchern aus London die Illusion vermittelten, verjüngt oder besser aussehend daraus hervorzugehen, und die Damen erhofften sich, davon schöner zu werden.

Ein alter Führer, den sie aus einem Bücherregal gekramt hatte, verriet ihr, daß ein gewisser Dr. Richard Russell im Jahre 1753 Badekuren und Meerwasser zur Heilung von Krankheiten empfohlen hatte, die bis dahin als unheilbar galten. Diese einfachen Kuren hatte er mit den makabersten Präparaten kombiniert, von Krähenaugen über Schnecken bis hin zu Vipernfleisch.

Schaudernd hatte Sandra sich vorgestellt, wie einem Heilung Suchenden zumute gewesen sein mußte, wenn er dieses abscheuliche Zeug schlucken mußte, und sie war heilfroh, daß sie rundum gesund war und derartige Torturen nicht nötig hatte.

Die Vorstellung, daß die Leute, die unten promenierten, ihre Zeit in Dampfbädern verbrachten und ein Gebräu aus Seetang und Muscheln schlürften, amüsierte sie.

Sie hatte sich sagen lassen, daß man sich am besten gegen vier Uhr nachmittags auf der Promenade sehen ließ, und jetzt wartete sie darauf, daß die Gräfin sich angekleidet hatte, um von ihr über die „Steine“ begleitet zu werden.

Während sie die Passanten vom Fenster aus beobachtete, fragte sie sich, ob sie wohl einige der berüchtigten Adligen zu sehen bekommen würde, die ihr die Gräfin geschildert hatte.

„Norfolk“, hatte sie gesagt, „er gilt nicht nur als der ungebildetste Mensch weit und breit, sondern auch als der schlampigste der ganzen Grafschaft. Nur wenn er volltrunken ist, können seine Diener ihn waschen, ohne daß er dagegen rebelliert.“

Sandra hatte die Gräfin nur fassungslos angesehen. Wie konnte ein Mensch, der ein Gentleman sein wollte, so verkommen sein?

„Queensbury achtet mehr auf Sauberkeit“, war die Gräfin fortgefahren, „ist dafür aber moralisch verkommener. Die Liste der Frauen, die er verführt hat, wird trotz seines zunehmenden Alters täglich immer länger.“

Sandra hatte ungläubig den Kopf geschüttelt. „Wie können Frauen einen Mann ertragen, der ungepflegt oder moralisch verkommen ist?“ fragte sie schaudernd.

Sie mußte daran denken, wie sauber und ordentlich ihr

Vater war und wie makellos der Graf wirkte mit seiner elegant gebundenen Krawatte und seinen blanken Schaftstiefeln.

„Die jungen Stutzer", hatte die Gräfin sie aufgeklärt, „folgen dem Beispiel von Beau Brummell und sind ein Muster an Sauberkeit und Eleganz, aber viele der sogenannten Gentlemen haben höchst unerquickliche Marotten."

Sandra konnte sich nicht recht vorstellen, was die Gräfin damit gemeint hatte, aber die alte Dame hatte sich nicht näher darüber ausgelassen, sondern statt dessen noch einige andere auffallende Erscheinungen von Brighton geschildert.

„Mr. Melish müssen Sie gesehen haben, Kind. Er kleidet sich stets ganz in Weiß, seine Kutsche ist weiß lackiert, die Pferde sind weiß, ebenso die Livreen seiner Lakaien."

„Das muß ein gespenstischer Anblick sein", bemerkte Sandra lächelnd.

„Der ehrenwerte Tony Onslow bevorzugt für sich und sein Gefolge Schwarz", fuhr die Gräfin fort, „aber sein größtes Verdienst ist, vierundzwanzigmal mit seinem Phaeton und einem Vierergespann durch die Tore der ‚Steine' gefahren zu sein, ohne anzuecken."

Sandra rief lachend aus: „Einen solchen Unfug habe ich noch nie gehört! Was wollte er damit beweisen?"

„Vermutlich, daß er mal nüchtern war", bemerkte die Gräfin trocken.

Sandra erfuhr, daß es in Brighton auch noch einen „Grünling" gab, der sich grün kleidete und nur grünes Obst und Gemüse aß.

„Sein Zimmer ist grün gestrichen", wußte die Gräfin zu berichten, „und er schläft in einem grünbezogenen Bett und hinter grünen Vorhängen und bevorzugt vermutlich Frauen mit grünen Augen!"

Sandra gelangte zu der Überzeugung, daß normale

Menschen in dieser Umgebung den Eindruck gewinnen mußten, in ein Irrenhaus geraten zu sein.

Als jetzt in der Ferne ein grünes Gig mit grünlivrierten Lakaien auftauchte, die zudem noch grüne Perücken trugen, stieß sie einen entzückten Schrei aus. Sie hörte hinter sich jemanden ins Zimmer treten und rief aus:

„Das muß der Grünling sein! Er ist also nicht nur ein Phantasieprodukt der Leute, sondern es gibt ihn tatsächlich!“

Sie glaubte, Miß Robinson sei gekommen, um ihr zu melden, daß die Gräfin ausgehbereit sei, und zuckte erschrocken zusammen, als sie eine tiefe Stimme trocken sagen hörte:

„Wie originell, daß eine Frau sich nicht nur für sich selbst, sondern auch für andere begeistern kann!“

Sie wandte den Kopf und sah den Grafen hinter sich im Salon stehen. Er sah hinreißend aus mit seiner modischen Windstoßfrisur, die der Kronprinz eingeführt hatte, und der noch kunstvoller gebundenen Krawatte, als er sie am vergangenen Abend getragen hatte.

Er sah sie so seltsam forschend an, daß ihr unbehaglich wurde und sie hastig in einen Knicks versank.

„Ich . . . ich warte auf Mylady, Euer Lordschaft“, stammelte sie. „Soll ich ihr melden, daß Sie gekommen sind?“

Sie verließ den Balkon, um das Wohnzimmer zu durchqueren und zur Tür zu gehen, aber er wich nicht von der Stelle, so daß sie dicht vor ihm stehenblieb.

„Ich möchte mit Ihnen reden, Miß Wade“, sagte der Graf, „falls das Ihr richtiger Name ist, was ich bezweifle.“

Sandras Augen weiteten sich vor Schrecken, als er fortfuhr: „Mich interessiert, was Sie eigentlich im Schilde führen!“

„Was . . . was meinen Sie damit?“ Ihre Stimme klang ängstlich, weil sein barscher Ton sie verunsicherte. Außerdem war er viel größer als sie und überragte sie so, daß sie zu ihm aufblicken mußte.

„Sie haben gehört, was ich sagte", erwiderte er. „Ich frage mich nur, ob es auf Diebstahl oder Erpressung hinausläuft."

Es dauerte eine Weile, bis Sandra die Bedeutung seiner Worte begriff, dann sah sie ihn bestürzt und empört zugleich an.

„Was wollen Sie damit sagen? Was . . . unterstellen Sie mir?" Ihre Stimme bebte.

„Ihre Vorstellung ist nicht sehr überzeugend", entgegnete der Graf verächtlich. „Wer immer Sie dazu überredet hat, sich als arme mittellose Gesellschafterin bei uns einzuschleichen, Sie hätten diese Rolle besser einüben sollen."

Nur mühsam fand Sandra ihre Stimme wieder. „Wie können Sie es wagen, mich derart zu beleidigen?" würgte sie hervor. „Ich bin als Gesellschafterin Ihrer Großmutter engagiert, und wenn Sie tatsächlich glauben, was Sie mir unterstellen, dann . . . dann müssen Sie entweder wahnsinnig sein oder so überspannt wie der Grünling!"

„Sehr eindrucksvoll, Miß Wade", spottete der Graf. „Würden Sie mir dann bitte erklären, wieso eine mittellose Gesellschafterin eine Robe trägt, die sie mindestens ein Jahresgehalt gekostet haben muß?"

Diese Frage traf sie unvorbereitet, und einen Augenblick lang war sie um eine plausible Antwort verlegen. Impulsiv sprach sie aus, was ihr gerade in den Sinn kam!

„Woher . . . woher kennen Sie sich in solchen Dingen so gut aus?"

Als er seine Lippen zu einem zynischen Lächeln verzog, wurde ihr bewußt, wie naiv ihre Frage klingen mußte.

Natürlich kannte er sich aus. Die Gräfin hatte ihr ja erzählt, daß seine Verehrerinnen Schmuck und Geschmeide von ihm geschenkt haben wollten und vermutlich auch erwarteten, daß er ihnen kostbare Roben bezahlte.

Hastig versuchte sie, ihre eigene Dummheit zu korrigieren, indem sie erklärte:

„Was ich trage, Mylord, ist ebenso wie meine übrige Garderobe ein Geschenk."

Das kam schließlich der Wahrheit nahe, denn ihre Stiefmutter hatte die Sachen bezahlt.

„Das habe ich mir beinahe gedacht", erwiderte der Graf anzüglich.

Sandra richtete sich kerzengerade auf, so daß sie ein wenig größer wirkte, als sie war.

„Wie können Sie es wagen, mir derartige schmutzige Dinge zu unterstellen?" rief sie empört aus. „Wer gibt Ihnen das Recht, mich derart zu beleidigen?"

Ihre Augen sprühten Blitze, und mit ihrem von der Sonne angestrahlten hellen Haar wirkte sie wie eine streitbare junge Göttin, ohne sich dessen bewußt zu sein.

Einen Augenblick hallte der Klang ihrer Stimme von den Wänden wider, dann trat Stille ein.

Schließlich sagte der Graf in überraschend mildem Ton: „Wenn ich Ihnen unrecht getan habe, werde ich Sie selbstverständlich um Vergebung bitten, vorausgesetzt, Sie können mir eine einleuchtende Erklärung dafür geben, was Sie hier zu suchen haben."

Sandra wich seinem Blick aus.

„Was . . . was wollen Sie wissen?" fragte sie tonlos.

„Was ich bereits andeutete. Warum geben Sie sich als Gesellschafterin aus, ohne offensichtlich jemals eine gewesen zu sein oder wie eine solche auszusehen?"

„Ich . . . ich habe Mylady Referenzen vorgelegt", erwiderte Sandra stockend.

„Die kann man fälschen", bemerkte der Graf. „Ich verlasse mich bei der Beurteilung anderer Menschen lieber auf meinen Instinkt. Er hat mich selten getrogen."

In dieser Hinsicht konnte Sandra ihm nicht widersprechen, aber sie überlegte fieberhaft, wie sie es verhindern könnte, daß er seinen Verdacht der Gräfin mitteilte.

Als spürte er den Kampf, den sie innerlich ausfocht, fügte er ruhig hinzu: „Vielleicht wollen Sie untertauchen?"

Damit kam er der Wahrheit so erschreckend nahe, daß ihr wieder die Worte fehlten, um sich aus der gefährlichen Lage herauszureden, und sie nur stumm die Hände rang.

Wieder überraschte er sie, indem er sie aufforderte: „Schauen Sie mich an!"

Langsam, ohne lange zu überlegen, hob Sandra den Blick.

Er schien ihr näher zu sein als jemals zuvor und musterte sie mit durchdringendem Blick, als wollte er den Grund ihrer Seele nach der Wahrheit ausloten.

Wie gebannt hielt sie seinem Blick stand und fühlte sich außerstande, ihm auszuweichen.

„Sie haben Angst!" stellte er schließlich sachlich fest. „Also ist anzunehmen, daß Sie von zu Hause weggelaufen sind."

So als habe er sie willenlos gemacht und unfähig, ihn weiter anzulügen, erwiderte Sandra so leise, daß es kaum zu verstehen war: „Ja, das stimmt."

„Und Sie fühlen sich hier bei meiner Großmutter sicher?"

„Ja."

Schweigen breitete sich aus, dann sagte Sandra flehend: „Bitte, lassen Sie mich hierbleiben! Ich versichere Ihnen, daß ich nichts Unrechtes getan habe . . . und . . . und es ist so aufregend hier . . . ich . . . ich könnte es nicht ertragen, fortgeschickt zu werden!"

Weil ihr soviel daran lag, bleiben zu dürfen, klang ihre Stimme sehr jung und bittend wie die eines Kindes, das sich vor der Dunkelheit fürchtet.

Der Graf antwortete nicht, aber Sandra spürte, daß er über ihre Worte nachdachte und daß sich seine Einstellung ihr gegenüber geändert hatte.

Beinahe war ihr, als könnte sie seine Gedanken lesen.

Sie war drauf und dran, vor ihm auf die Knie zu fallen und ihn zu beschwören, ihr zu glauben, da sagte er:

„Ich glaube, Sie sagen die Wahrheit und ich kann Ihnen vertrauen."

„Dann . . . darf ich bleiben?"

„Von mir aus schon."

Es war, als sei die Sonne plötzlich durch die Wolken durchgebrochen und erfülle das ganze Zimmer mit ihrem strahlenden Schein.

„Danke . . . vielen, vielen Dank!" rief sie erleichtert aus. „Ich verspreche Ihnen, alles in meiner Macht Stehende zu tun, um Ihre Großmutter jederzeit und in allen Belangen zufriedenzustellen."

Zum erstenmal sah sie den Grafen belustigt lächeln.

„Sie sind in jeder Beziehung eine ungewöhnliche Gesellschafterin", stellte er fest, „und da meine Großmutter auch eine ungewöhnliche Frau ist, müßten Sie eigentlich recht gut mit ihr auskommen."

Sandra stieß einen erleichterten Seufzer aus, dann gestand sie: „Sie haben mir große Angst eingejagt, aber jetzt kann ich mich ehrlich an dem erfreuen, was Brighton zu bieten hat und ich mir nicht in meinen kühnsten Träumen hätte vorstellen können."

„Daraus entnehme ich, daß Sie auf dem Lande gelebt haben", bemerkte der Graf.

Sandra nickte.

„Das bedeutet wohl, daß Sie reiten können?"

„Natürlich!"

Sie sah ihn an und konnte ihr Glück nicht fassen.

„Soll das heißen", fragte sie ungläubig, „daß Sie mir erlauben würden, eines Ihrer Pferde zu reiten?"

„Ich könnte mir vorstellen, daß Sie sich gern ein wenig sportlich betätigen möchten und sich nicht damit begnügen wollen, mit meiner Großmuter ein paar Schritte die Promenade entlang zu gehen oder mit ihrer Kutsche durch die Gegend zu fahren."

„Es wäre einfach wundervoll, wenn ich reiten dürfte!"

„In Ordnung", sagte der Graf. „Sie können morgen früh um sieben Uhr mit mir ausreiten, da haben Sie vermutlich noch keinen Dienst."

Sandra fehlten die Worte.

Da fügte er hinzu, als bereute er seine Großzügigkeit bereits: „Wenn Sie allerdings mit dem Zügel herumfuchteln und plump im Sattel sitzen, war es das erste und letzte Mal." Zunächst glaubte sie, er meine es ernst, dann sah sie das Lächeln in seinen Augenwinkeln.

„Ich verspreche Ihnen, Sie nicht zu enttäuschen", versicherte sie lachend, „und danke Ihnen nochmals. Es ist sehr . . . sehr freundlich von Ihnen."

„Falls es dafür einer Erklärung bedarf, so lautet sie, daß ich Sie unter den gegebenen Umständen im Auge behalten muß", erwiderte er. „Später erwarte ich allerdings eine genauere Erklärung von Ihnen, als Sie mir bisher gegeben haben, welchem Umstand wir Ihre Anwesenheit bei uns zu verdanken haben."

Damit wandte er sich ab und verließ den Raum.

Einen Augenblick starrte Sandra wie betäubt auf die Tür, die sich hinter ihm schloß, dann war ihr, als wollten ihre Füße sie nicht länger tragen, und sie ließ sich auf einen Stuhl sinken. Sie hatte das Gefühl, einen Hurrikan überstanden zu haben, ohne Schaden zu nehmen.

Sie hatte vor Empörung gebebt, als er sie des Diebstahls oder der Erpressung verdächtigt hatte, und in ihm ein furchterregendes Ungeheuer gesehen, das sie vernichten wollte.

Doch dann hatte sich seine Haltung ihr gegenüber

plötzlich geändert, und er war erstaunlich freundlich und verständnisvoll gewesen.

Trotzdem hatte sie das Gefühl, daß er nicht eher Ruhe geben würde, bis sie ihm ihre ganze Geschichte gebeichtet hatte.

„Das darf ich aber nicht", überlegte sie, „sonst wird er es sicher für seine Pflicht halten, Papa über meinen Verbleib zu unterrichten."

Wenn das geschah, konnte sie sich lebhaft vorstellen, wie ihre Stiefmutter toben würde, wenn sie erfuhr, daß Sandra in ihrer Stellung als Gesellschafterin Angehörige der *Beau Monde* kennengelernt hatte.

Sie darf niemals erfahren, wo ich bin, nahm Sandra sich vor, sonst dürfte ich keine Minute länger bleiben. Sie würde mich zu Großtante Matilda schicken und mich zwingen, dort zu bleiben bis zu ihrem Tode.

Der Gedanke versetzte sie in so panische Angst, daß sie der Gräfin, die in diesem Augenblick erschien, am liebsten zugerufen hätte:

„Schnell, schnell! Ich möchte alles sehen, was Sie mir geschildert haben, denn es könnte sein, daß ich Brighton bereits morgen wieder verlassen muß und niemals zurückkehren darf."

Sie fuhren langsam in einer bequemen Kalesche die Promenade entlang.

Sandra war so aufgeregt angesichts der vielen neuen Eindrücke, daß sie nur beiläufig die Möglichkeit in Betracht zog, einigen Leuten hier zu begegnen, die sie von London her kannte.

Zum Glück war Brighton um diese Jahreszeit völlig überlaufen, und sie rechnete sich eine gute Chance aus, im Notfall in der Menge untertauchen zu können.

Obwohl sich der Ort seit dem ersten Aufenthalt des Kronprinzen im Jahre 1783 größenmäßig verdoppelt hatte und überall neue Häuser entstanden, mangelte es noch immer an Unterkünften.

Das „Royal Crescent“ war gerade fertiggestellt, ebenso die neue Sommervilla von Mrs. Fitzherbert neben dem Haus des Herzogs von Marlborough.

Doch Sandra hatte sich sagen lassen, daß viele Leute sich mit kleinen Blockhütten außerhalb der Stadt begnügen oder sich in winzige Hinterzimmer irgendwelcher Pensionen quetschen mußten, für die sie horrende Preise bezahlten. Ihr war auch zu Ohren gekommen, daß einige Neuankömmlinge für bereits vermietete Räume höhere Summen boten, so daß sehr viel Mißstimmung entstand.

Einige der Gentlemen, die ihre bereits angemieteten Räume besetzt vorfanden, drohten, sich mit den Eindringlingen zu duellieren.

All das vermittelte Sandra das Gefühl, relativ sicher zu sein.

Trotzdem ertappte sie sich nach der Unterredung mit dem Grafen dabei, daß sie jeden, der die Gräfin grüßte, prüfend musterte, ob das Winken oder der Gruß nicht etwa ihr galt.

Die Gräfin kannte fast jeden, und diejenigen, deren Gruß sie nicht erwiderte, starrten sie und Sandra feindselig an, wenn sie an ihnen vorübergingen, ohne Beachtung zu finden.

„Ich habe für Schmarotzer nichts übrig, die sich aufdrängen und nicht spüren, daß sie unerwünscht sind“, sagte die Gräfin verächtlich, als sie an einem Mann vorüberrauschte, der sich tief verneigte und seinen Hut zog.

„Sie sind grausam“, stellte Sandra fest. „Der arme Mann hat ein Gesicht gemacht, als hätten Sie ihm einen Schlag versetzt.“

„Er ist ein eingebildeter junger Stutzer, der es nicht anders verdient hat“, erklärte die Gräfin ungerührt. „In Brighton bekommt er nur deshalb eine Unterkunft, weil er noch mehr Gelder für Bestechnung ausgibt als am Spieltisch."

„Wie kommt es, daß Sie so viel über die Leute hier wissen?" erkundigte sich Sandra belustigt.

„Ich bin sehr alt, aber ich halte Augen und Ohren offen. Was die Leute einem nicht erzählen, ist oft viel aufschlußreicher als alles, was sie sagen."

Wieder lachte Sandra silberhell und sah dabei so hübsch aus, das ein Gentleman wie gebannt hinter einem älteren Paar stehenblieb, das der Gräfin zustrebte.

Diese Freunde der Gräfin, die überschwenglich ihrer Freude, sie zu sehen, Ausdruck verliehen, waren zu Sandras Erstaunen Franzosen.

Sie waren sehr betagt, und später erfuhr sie, daß sie vor vielen Jahren, als das Schloß von Versailles vom Mob gestürmt worden war und man den König und die Königin gefangengenommen und später auf der Guillotine hingerichtet hatte, aus Frankreich nach England geflohen waren.

Der Marquis und die Marquise d'Ormond hatten damals zusammen mit ihrer acht Jahre alten Tochter bei Mrs. Fitzherbert Unterschlupf gefunden, die eine entfernte Verwandte von ihnen war.

Sie kamen jedes Jahr nach Brighton und wurden von der Gräfin herzlich begrüßt.

„Darf ich dir einen Landsmann vorstellen", sagte der Marquis, „der viele meiner noch in Frankreich verbliebenen Angehörigen kennt und dem glücklicherweise vor einer Woche die Flucht nach England gelang."

Der Mann, der Sandra noch immer unverwandt anstarrte, trat vor, verbeugte sich galant und küßte der Gräfin die Hand.

„Ich bin entzückt, Sie kennenzulernen, *Madame la Comtesse*", sagte er in fast akzentfreiem Englisch, „und ich schätze mich überaus glücklich, hiersein zu dürfen."

„Das ist der *Comte Jacques de Chabris*", stellte die Marquise vor, „und er hat mir Grüße von Personen überbracht, die ich längst für tot hielt."

„Manche Menschen in Frankreich möchten lieber tot als lebendig sein", sagte der Comte bekümmert.

„Ist es noch immer so schlimm?" erkundigte sich die Gräfin. „Während des Waffenstillstandes sind britische Touristen in Scharen nach Frankreich gereist und waren des Lobes voll über all die Verbesserungen, die dieses korsische Ungeheuer angeblich eingeführt hat."

„Das ist der richtige Ausdruck für ihn, Madame", pflichtete der Comte ihr bei. „Mein Freund und ich sind nach England geflüchtet, weil man uns sonst gezwungen hätte, in die Armee einzutreten und gegen die Engländer zu kämpfen, für die wir eine tiefe Zuneigung hegen."

„Sie haben richtig gehandelt", lobte ihn die Gräfin. „Darf ich Ihnen noch meine Gesellschafterin, Miß Wade, vorstellen?"

Darauf schien der Comte nur gewartet zu haben. Er verbeugte sich übertrieben tief vor Sandra, während seine dunklen Augen ihr verrieten, wie sehr er sie bewunderte. Zweifellos war er ein gutaussehender Mann, aber irgend etwas war an ihm, das Sandra mißfiel.

Sie hatte das Gefühl, daß seine Worte nicht seine wahren Gedanken wiedergaben, obwohl sie im Grunde keinen Anlaß hatte, ihm zu mißtrauen.

Während sie nebeneinander hergingen und die Gräfin sich angeregt mit dem Marquis und der Marquise unterhielt, sagte er mit gedämpfter Stimmer zu ihr:

„Als ich sie erblickte, schien für mich die Welt kopfzustehen. Wie kann ein Mensch so schön sein, daß man zu träumen glaubt? Sie können kein irdisches Wesen sein!"

„Danke für das reizende Kompliment, Monsieur", erwiderte Sandra. „Es klingt allerdings so, als hätten Sie es schon des öfteren von sich gegeben."

Sie sah ihn nicht an, weil sie fand, daß der Franzose ziemlich dick auftrug. Am liebsten hätte sie ihn in seiner Sprache angeredet, da er jedoch fließend Englisch sprach, hätte er sich vielleicht brüskiert gefühlt.

Statt dessen hörte sie sich ergeben an, wie er ihre Schönheit in allen Tönen pries und welche Gefühle er angeblich für sie hegte. Sie war nicht geneigt, ihm auch nur ein Wort zu glauben.

Die Gräfin mochte nicht lange zu Fuß gehen, denn es ermüdete sie. Sie lud die d'Ormonds für den nächsten Tag zum Lunch ein. Die Einladung wurde mit Freuden angenommen, und der Comte schien zu erwarten, daß man ihn einbezog.

Nach einer Weile sagte die Gräfin: „Natürlich bringt ihr euren Landsmann mit. Wohnt er bei euch?"

„Bedauerlicherweise haben wir gerade unsere Enkelkinder bei uns und können niemanden mehr unterbringen", sagte die Marquise.

„Ich bewohnte das Apartment Nummer 22 im ‚Royal Crescent'", erklärte der Comte. „Es ist nicht sehr luxuriös, aber ich bin glücklich, in der Nähe der Menschen weilen zu können, die ich von früher kenne, und jener, die ich näher kennenlernen möchte."

Dabei sah er Sandra bedeutungsvoll an, doch sie entfernte sich absichtlich von ihm und bot der Gräfin ihren Arm.

„Ich finde, wir sollten zum Haus zurückgehen, Madam", sagte sie. „Sie dürfen sich nicht überanstrengen und müssen heute abend noch an der Dinnerparty teilnehmen."

„Ja, Sie haben recht", pflichtete die Gräfin ihr bei. „Ich bin in der Tat ziemlich müde." Es war ihr anzusehen, daß dies der Wahrheit entsprach.

Bevor sie sich entfernen konnten, sagte der Comte mit gedämpfter Stimme, so daß nur Sandra es hören konnte:

„Ich muß Sie wiedersehen! Jede Minute der Trennung von Ihnen wird mir zur Qual werden."

Sandra lachte belustigt.

„Ich bedaure aufrichtig, Sie so leiden zu sehen, Monsieur."

„Noch ein Franzose, der zuviel schwatzt", sagte die alte Dame scharf, als sie weitergingen.

„Der Meinung bin ich auch, Madam", pflichtete Sandra ihr bei.

„Wenn Sie mich fragen", fuhr die Gräfin fort, „dann gibt es hier schon viel zu viele Emigranten. Sie hängen wie Kletten an den Reichen und laden sich in jedes Haus ein, wo es etwas Gutes zu essen gibt, und sie reiten auf der Mitleidswelle, was oft unberechtigt ist."

„Vermutlich haben Sie recht", erwiderte Sandra, „und doch kann ich mir gut vorstellen, wie schrecklich es für einen Menschen sein muß, im Exil leben zu müssen und nie mehr nach Hause zu seinen Lieben zurückkehren zu können."

Dabei mußte sie an ihr eigenes Schicksal denken, und sie konnte nur hoffen, daß der Gräfin das leichte Beben ihrer Stimme nicht aufgefallen war.

Sie wechselten dann das Thema, und erst als sie Kyle House erreichten und die Lakaien den roten Teppich für sie ausrollten, stellte die Gräfin ihr eine persönliche Frage:

„Ich weiß nicht, warum, aber ich habe Sie noch nicht nach Ihrem Vornamen gefragt."

Ohne lange zu überlegen, hielt Sandra sich an die Wahrheit. „Mein Name ist Sandra."

„Ein seltsamer Name", bemerkte die Gräfin. „Ich kann mich nicht erinnern, ihn schon einmal gehört zu haben."

Sandra hätte ihr beinahe erklärt, daß er von Alexander abgeleitet war und man ihr diesen Namen gegeben hätte, wäre sie ein Junge geworden. Doch dann erkannte sie, daß es ein Fehler gewesen wäre, und sie erwiderte daher beiläufig: „Meine Mutter hat ihn erfunden. Sie haßte alles, was gewöhnlich war."

„Sehr richtig", sagte die Gräfin zustimmend. „Für eine junge Frau ist es mit am wichtigsten, bei allem, was sie sagt und tut, originell zu sein. Damit macht sie die Männer auf sich aufmerksam und erreicht, daß sie sich mehr für sie interessieren als nur für ein hübsches Lärvchen, das sonst nichts zu bieten hat."

Miß Robinson machte der Gräfin wegen des langen Spaziergangs Vorwürfe und geleitete sie sofort nach oben, damit sie sich zur Ruhe begab.

In ihrem Zimmer angelangt, nahm Sandra sich vor, alles, was die Gräfin an klugen Dingen zu ihr gesagt hatte, niederzuschreiben, damit sie es in das Buch, das sie einmal zu schreiben gedachte, einbeziehen konnte.

Entweder schreibe ich ein Buch, dachte sie, oder ich male ein Bild.

Bevor sie eine Entscheidung treffen konnte, war es Zeit, sich fürs Abendessen umzukleiden.

Da der Prinz stets um sechs Uhr dinierte, taten es die meisten Leute in Brighton ihm nach, obwohl sie in London viel später zu Abend zu essen pflegten.

Die Gräfin hingegen kümmerte sich nicht darum, was der Prinz tat, sondern verkündete, sie habe keine Lust, ihren Magen umzuerziehen; sie bestand auf der üblichen Dinnerzeit um sieben Uhr dreißig.

Im Salon war zu Sandras Erstaunen noch keiner der geladenen Gäste anwesend. Nur der Graf stand am Kamin und hielt ein Glas Champagner in der Hand. Im Abendanzug wirkte er noch eleganter als im Reitdreß.

Sie spürte seinen Blick auf sich, als sie im Licht der Kronleuchter auf ihn zuging. Wie der Bühnenauftritt der jugendlichen Naiven im Theater, dachte sie selbstkritisch.

Ihre Befangenheit rührte vor allem daher, daß sie ein

sehr kostbares Abendkleid gewählt hatte, das sie in London gekauft hatte, und sicher war, erneut seine Kritik damit herauszufordern.

Es war eine zauberhafte Robe in Weiß mit Silberstickerei und silbernen Bändern, die unter der Büste und an den Schultern aufgenäht waren. Dazu trug sie silberne Ballschuhe und einen Kranz aus winzigen Silberblättern im Haar.

Totenstill war es im Raum, als sie auf den Grafen zuging und in einen Knicks versank. Aufblickend bemerkte sie einen Ausdruck in seinen Augen, der zweifellos Bewunderung verriet und sie noch mehr verwirrte.

„Guten Abend, Miß Wade“, sagte er mit seiner tiefen Stimme. „Ich hatte mich verspätet und konnte nicht mit Seiner Königlichen Hoheit im Marine-Pavillon speisen, deshalb bin ich hierher gekommen.“

„Ihre Großmutter wird entzückt sein, Mylord.“

„Und wie ist es mit Ihnen?“ fragte der Graf.

„Ich fürchte, daß Sie alles, was ich sage und tue, kritisieren werden.“

Der Graf lachte.

„Ich hatte geglaubt, wir hätten nach meiner Einladung zum Ausritt das Kriegsbeil begraben?“

„Sie hielten es in der Hand, Mylord, nicht ich“, gab Sandra zurück und spürte, daß ihre Schlagfertigkeit ihn amüsierte.

„Trotzdem plagt mich noch immer die Neugier, was Sie zu uns geführt hat und wie Sie zu dem Geschenk kommen, das Sie heute schmückt.“

Damit spielte er auf ihre Robe an, die viel zu kostbar war für eine einfache Gesellschafterin. Hätte sie geahnt, daß er am Dinner teilnehmen würde, sie hätte ein schlichteres Kleid gewählt.

Doch wenn sie es sich recht überlegte, waren auch ihre anderen Kleider sehr elegant; nach vielen Jahren des Einschränkens hatte es ihr Spaß gemacht, sich schöne Sachen auszusuchen.

Sie bemühte sich, nicht daran zu denken, daß ihre Stiefmutter die Kleider bezahlt hatte, und wieder kam ihr in den Sinn, wie wütend Isobel sein würde, wenn sie wüßte, daß ihre Stieftochter im Augenblick mit dem Grafen von Kyle zusammen war, der zum magischen Zirkel um den Kronprinzen gehörte. Einen so prominenten Gast hätte Isobel gern in der Priorei willkommen geheißen, allerdings ohne den störenden Einfluß der Tochter ihres Mannes.

Die Stimme des Grafen riß sie aus ihren Gedanken.

„Was bekümmert Sie?“ fragte er. „Warum machen Sie schon wieder ein so ängstliches Gesicht?“

Sandra konnte ihm nicht verraten, daß sie sich vor ihrer Stiefmutter fürchtete, die sie hier wegholen würde, wenn sie ihren Aufenthaltsort erfuhr.

„Sie . . . machen mich nervös“, erwiderte sie.

„Ich oder Ihr Gewissen?“ fragte der Graf.

„Um ehrlich zu sein, beides.“

„Und wer ist schlimmer?“

„Euer Lordschaft! Mein Gewissen kann ich beruhigen oder überhören, aber beides gelingt mir in Ihrem Falle leider nicht.“

Der Graf lachte herzlich und ungezwungen.

„Sie geben mir immer mehr Rätsel auf, Miß Wade“, sagte er, „und wenn Sie mir irgend etwas vorspielen, dann könnte ich mir vorstellen, daß Sie am Drury Lane oder im Covent Garden einen Riesenerfolg haben würden.“

„Ein faszinierender Gedanke“, ging Sandra auf den Ton ein. „Falls Sie mich von hier fortjagen, wäre das vielleicht der einzige Ausweg für mich.“

„Ich könnte mir einen besseren vorstellen“, bemerkte der Graf, „aber darüber sollten wir uns ein andermal unterhalten.“

Er sagte das in so eigenartigem Ton, daß sie ihn fragend ansah.

Bevor sie ihn jedoch um eine nähere Erklärung bitten konnte, trat die alte Gräfin ein.

Ihre Aufmachung wirkte noch bizarrer als sonst. Die feuerrote Perücke zierte ein Brillantdiadem, dazu trug sie ein Brillantcollier mit Rubinen und Perlen um den Hals und dazu passende Armbänder um die Gelenke.

Trotz ihres hohen Alters hatte sie einen aufrechten Gang und strahlte so viel Würde und Überlegenheit aus, daß Sandra sie ebenso beeindruckend fand wie ihren Enkelsohn.

Als sie die beiden beobachtete, wie sie sich höflich und voller Wärme begrüßten, schätzte Sandra sich glücklich, mit so interessanten Menschen zusammensein zu dürfen.

Ich werde bestimmt ein Buch über sie schreiben, beschloß sie.

Die Gäste, die zum Dinner geladen waren, zählten alle zum Freundeskreis der Gräfin und waren älter als der Graf. Er saß am Kopfende der Tafel und sorgte für angeregte Unterhaltung. Sandra hatte noch nie einen Mann kennengelernt, der die Rolle des Gastgebers so souverän beherrschte.

Sosehr sie sich auch bemühte, sich auf die Gespräche der anderen Gäste zu konzentrierren, ihre Gedanken irrten immer wieder ab und kreisten um den Grafen.

Erst als die alte Gräfin sich zur Ruhe begab und die Gäste sich verabschiedeten, fand der Graf noch einmal Gelegenheit, sich an Sandras Seite zu begeben.

„Morgen früh um sieben Uhr bei den Stallungen!" raunte er ihr zu. „Wenn Sie zu spät kommen, reite ich allein!"

Das klang ähnlich wie der Befehl der Gräfin in London, pünktlich zur Abfahrt zu erscheinen, und wirkte so überheblich, daß Sandra unwillkürlich lächeln mußte.

„Was amüsiert Sie daran?“ wollte der Graf wissen.

„Sie und Ihre Großmutter benehmen sich, als seien Sie der Mittelpunkt der Welt“, erwiderte Sandra, „und Sie erwarten, daß jeder genau das tut, was ihm befohlen wird, wie Rekruten auf dem Kasernenhof.“

„Sie kritisieren mich?“ fragte er.

Sie fürchtete, ihn verärgert und sich sein Wohlwollen verscherzt zu haben, und lenkte rasch ein.

„Nein, natürlich nicht!“ rief sie erschrocken aus. „Verzeihen Sie meine Ungehörigkeit. Eigentlich habe ich nur laut gedacht, weil Sie wissen wollten, warum ich lächle.“

„Das wollte ich“, erwiderte er, „aber nur, um ihre Lippen zu betrachten.“

Damit verließ er das Zimmer, und Sandra blickte ihm starr vor Erstaunen nach.

Sie wurde nicht klug aus ihm. Erst flößte er ihr Furcht ein und verunsicherte sie, und im nächsten Augenblick hatte es fast den Anschein, als flirte er mit ihr, obwohl sie das kaum für möglich hielt.

Aber warum eigentlich nicht? überlegte sie. Warum sollte er ihr nicht ein wenig Bewunderung zollen, wie es der wortgewandte Comte in überreichem Maße tat?

Der Gedanke schoß ihr durch den Kopf, welch ein Triumph es für sie wäre, wenn der Graf sich ein wenig für sie interessierte und ihre Stiefmutter davon erführe. Der Schlag würde sie treffen.

Als der letzte Gast gegangen war, bat die Gräfin: „Bringen Sie mich zu Bett, mein Kind. Ich bin rechtschaffen müde.“

„Kein Wunder, Madam. Man sollte sich nicht gleich die ersten Tage am Meer überanstrengen, sondern das Ganze langsam angehen.“

Mit einer Hand stützte sich die alte Dame aufs Geländer, mit der anderen auf Sandras Arm, als sie langsam die Treppe hochstieg.

„Ich habe Willoughby noch nie in so prächtiger Laune erlebt wie heute abend“, bemerkte die Gräfin, „obwohl ich seine blasierte Art der Unterhaltung entsetzlich finde.“

„Vermutlich ist er nur ein wenig affektiert“, erwiderte Sandra versonnen.

„Eine sehr dumme Angewohnheit, die junge Stutzer eingeführt haben und leider Gottes auch von gestandenen Männern wie Willoughby, die es eigentlich besser wissen müßten, nachgeäfft wird“, entgegnete die Gräfin verächtlich.

„Es mutet eigentlich lächerlich an, daß jemand wie Seine Lordschaft, dem es an nichts mangelt, um glücklich zu sein, eine so gelangweilte und zynische Haltung einnimmt.“

„Ich bin völlig Ihrer Meinung“, sagte die Gräfin. „Allerdings ist bei ihm nicht alles Verstellung. Willoughby hat viele Gründe, zynisch zu sein, und manchmal blutet mir das Herz, wenn ich ihn so reden höre.“

Sandra wandte den Kopf und sah die Gräfin verständnislos an. Sie konnte sich nicht vorstellen, daß jemand in einer solchen Position, der zudem noch gut aussah und vermögend war und dem die Frauen zweifellos in Scharen nachliefen, nicht auf Rosen gebettet sein sollte.

„Wenn er Schwierigkeiten hat, sollte er vielleicht heiraten und seßhaft werden“, sagte sie laut.

„Das, meine Liebe“, bemerkte die Gräfin, die schwer atmend auf dem oberen Treppenabsatz stehenblieb, „ist leider unmöglich.“

„Warum sollte es unmöglich sein, Madam?“

„Weil“, erwiderte die Gräfin leise, „mein Enkel bereits verheiratet ist!“

# 4

Es war fünf Minuten vor sieben, als Sandra die Stallungen erreichte und den Grafen bereits dort antraf.

Sie hatte die Absicht gehabt, noch früher an Ort und Stelle zu sein, aber es hatte sie doch mehr Zeit gekostet, das neue Reitkostüm, das ihre Stiefmutter ihr in London gekauft und das sie noch nie getragen hatte, anzulegen.

Es hatte die Farbe ihrer Augen und stand ihr sehr gut. Der Schnitt war sehr chic und modisch, jedoch nicht zu gewagt.

Sie hatte einige Reiterinnen auf der Row gesehen, deren Aufmachung zweifellos sehr aufwendig war, aber so aufgeputzt wirkte, daß sie von schlechtem Geschmack zeugte.

In ihrer Unerfahrenheit erkannte sie nicht, daß es sich um Kurtisanen und Mätressen reicher Kavaliere handelte, die zwar hübsch anzusehen waren, mit denen sich aber eine Dame von Stand nicht auf eine Stufe stellen würde. Sie wußte nur, daß sie nicht den Wunsch hatte, ihnen nachzueifern.

Ihr neues Reitkostüm wirkte schlicht und wurde nur durch das kräftige Blau und das kleidsame Hütchen mit dem wehenden Schleier belebt.

Ihr Vater hatte immer darauf bestanden, daß ihr Haar sorgfältig und ordentlich frisiert war, wenn sie ausritt. Sie hatte es mit unzähligen Haarnadeln aufgesteckt und lange gebraucht, bevor sie mit ihrem Spiegelbild zufrieden und bereit war, dem Grafen unter die Augen zu treten.

Sein Blick glitt über sie hinweg und verriet ihr, daß ihre Aufmachung seine Zustimmung fand, obwohl er kein Wort darüber verlor.

Er hatte bereits ein passendes Pferd für sie ausgesucht, und sie erkannte voller Freude, daß es ein temperamentvoller Brauner edler Herkunft war.

Sie hätte von dem Sockel aus, der in einer Ecke des Reithofes stand, in den Sattel steigen können, aber der Graf umfaßte kurzerhand mit beiden Händen ihre schmale Taille, hob sie in den Sattel und ordnete mit geübter Hand die Falten ihres Reitrockes, bevor er sein Pferd bestieg.

Auf dem prächtigen schwarzen Hengst sah er aus wie ein General, der in die Schlacht ritt. Hatte er überhaupt gedient? Es gab so vieles, das sie gern über ihn gewußt hätte.

Sie war fassungslos gewesen, als die Gräfin ihr am vergangenen Abend eröffnet hatte, er sei verheiratet. Bevor sie sich jedoch zu einer Frage aufraffen konnte, war Miß Robinson hinzugekommen und hatte darauf gedrängt, daß die Gräfin zu Bett ging.

In ihrem Zimmer hatte Sandra lange darüber nachgedacht, daß sie sich den Grafen als verheirateten Mann einfach nicht vorstellen konnte, zumal weit und breit keine junge Gräfin in seiner Begleitung zu sehen war. Er war sowohl in London als auch hier in Brighton stets allein aufgetreten.

Zu denken gab ihr auch, daß seine Großmutter ihn offensichtlich bedauerte. War die Ehe nicht glücklich? Litt die junge Gräfin unter einer heimtückischen Krankheit?

Irgendwann würde sie sicher erfahren, was es damit auf sich hatte.

Im Augenblick genoß sie das berauschende Gefühl, auf dem Rücken eines edlen Pferdes zu sitzen, und wünschte sich nur, ihr Vater könnte sie so sehen.

Ihm war es stets ein Greuel gewesen, sich mit minderwertigen Pferden begnügen zu müssen, weil er sich keine teuren Rassepferde leisten konnte.

Ihre Mutter hatte das Reiten aufgegeben, weil es für sie beide zu teuer geworden wäre, sich Pferde zu halten, und sie wollte jeden Penny, den sie erübrigen konnte, für die Pferde ihres Mannes ausgeben.

Da Lord Blackstone jedoch als großartiger Reiter galt, bekam er oft Pferde seiner Freunde geliehen, und gelegentlich erlaubte man auch seiner hübschen Tochter, an den Ausritten teilzunehmen.

Wieder sandte sie ein Stoßgebet gen Himmel, als sie nach dem Grafen aus dem Stall ritt, daß es ihr vergönnt sein möge, lange genug in Brighton verweilen zu dürfen, um jeden Morgen mit ihm ausreiten zu können, falls sein Großmut es erlaubte.

Vom Haus aus gelangten sie in kurzer Zeit ins grasbewachsene Hügelland.

Der Graf gab seinem Hengst die Zügel frei und ließ ihn galoppieren, und Sandra tat es ihm nach.

Sie dachte nicht darüber nach, ob sie eine gute Figur im Sattel machte, sie gab sich nur der Freude am schnellen Ritt durch die reizvolle Landschaft hin.

Nach einer Weile zügelte der Graf sein Pferd und rief ihr anerkennend zu: „Ich gratuliere Ihnen, Miß Wade! Ich wußte, daß Sie eine gute Reiterin sind!“

„Bin ich froh, nicht als plump und ungeschickt im Sattel eingestuft zu werden“, erwiderte sie lachend.

„Das habe ich nur gesagt, um Ihre Augen empört aufblitzen zu sehen“, entgegnete der Graf, „denn ich war sicher, daß Sie auf dem Pferderücken ebensoviel Grazie haben würden wie im Ballsaal.“

Er sagte das in dem üblichen trockenen Ton, aber Sandra spürte, daß es als echtes Kompliment gemeint war.

Sie blickte auf das sanftgewellte Hügelland vor ihnen,

das nur von einigen Seemöwen bevölkert war, die darüber hinwegstrichen, und von den ersten Strahlen der aufgehenden Sonne erhellt wurde, die den Morgennebel durchdrangen.

„Auf solchen Ritten habe ich das Gefühl, die Welt hinter mir gelassen zu haben“, sagte sie mehr zu sich selbst, „und ich fühle mich herrlich frei und blicke nur nach vorn, einer verheißungsvollen Zukunft entgegen.“

Sie sah ihn nicht an dabei, glaubte aber sein erstauntes Stirnrunzeln zu bemerken, und fügte hastig hinzu: „Ihnen mag es nicht so ergehen, aber ich empfinde so.“

„Das klingt seltsam aus Ihrem Munde“, bemerkte der Graf nach einer Weile, „denn schließlich müssen Sie sich in untergeordneter Stellung Ihr Brot verdienen.“

„Das macht mir sehr viel Spaß“, versicherte ihm Sandra lebhaft. „Sie werden es sicher nicht verstehen, aber ich fühle mich seit vielen Monaten zum erstenmal wieder rundum glücklich.“

Das entsprach der Wahrheit. Als Isobel ihren Vater geheiratet hatte und sie selbst noch um ihre Mutter trauerte, hatte sie die schlimmste Zeit ihres Lebens durchmachen müssen.

„Was hat Sie unglücklich gemacht?“ fragte der Graf.

Ihr wurde bewußt, daß sie mit ihren Enthüllungen zu weit gegangen war.

„Dinge, die man besser vergißt“, erwiderte sie. „Ich möchte diesen herrlichen Tag nicht mit trüben Erinnerungen verderben.“

Sie gab ihrem Pferd die Zügel frei und galoppierte davon, der Graf hinter ihr her.

In leichtem Trab ritten sie später wieder heimwärts, um ihren vom scharfen Galopp erhitzten Pferden eine Verschnaufpause zu gönnen.

„Ich weiß nicht, wie ich Ihnen für diesen herrlichen Morgen danken soll“, sagte Sandra zu ihrem Begleiter.

„Wir sollten das öfter tun“, erwiderte der Graf, „falls es nicht zuviel Aufsehen erregt.“

Erstaunt sah Sandra ihn an, und er fügte erklärend hinzu: „Ihnen kann doch nicht entgangen sein, daß man hier in Brighton auf Schritt und Tritt beobachtet wird, und Sie sind eine sehr attraktive junge Dame.“

„Was Sie damit andeuten wollen“, erkannte Sandra, „ist vielmehr, daß Sie im Mittelpunkt des allgemeinen Interesses stehen, weil man Sie beneidet, oder, wie Ihre Großmutter es ausdrückt, hinter Ihnen her ist.“

Sie fürchtete schon, zu offen gewesen zu sein, aber der Graf lächelte nur nachsichtig. Sandra vermerkte es mit Erleichterung.

„Sie sollten nicht alles glauben, was meine Großmutter Ihnen erzählt; sie ist zuweilen voreingenommen.“

„Ich möchte alles glauben, was sie mir erzählt“, betonte Sandra, „weil es für mich so neu und unwirklich ist, gleichzeitig so originell und amüsant, daß ich es am liebsten zu einem Buch verarbeiten möchte.“

Das kam ihr gerade in den Sinn, und sie sprach es spontan aus.

Die Reaktion des Grafen erschreckte sie.

„Sie werden hoffentlich nichts dergleichen tun!“ sagte er scharf.

Das klang so verärgert, daß Sandra besorgt fragte: „Aber warum denn nicht? Fürchten Sie, ich könnte indiskret werden?“

„Hier wimmelt es nur so von Karikaturisten, Skandalreportern und Klatschkolumnisten, die den größten Schwachsinn in ihren Zeitungen veöffentlichen! Da brauchen Sie nicht auch noch mitzumischen.“

Da ihn die Vorstellung offensichtlich beunruhigte, erwiderte Sandra herausfordernd: „Äußerten Sie deshalb die Befürchtung, ich wäre auf Erpressung aus?“

„Eigentlich hegte ich eine ganz andere Befürchtung“,

erwiderte der Graf. „Der Kronprinz mag Karikaturisten Schmiergelder bezahlen, damit sie keine Spottbilder von ihm veröffentlichen, aber ich möchte von vornherein klarstellen, daß ich nicht die Absicht habe, Ihnen Schweigegelder zu zahlen, damit Sie nicht über mich schreiben."

Sandra sah ihn fassungslos an.

„Das meinen Sie doch nicht im Ernst!" sagte sie nach einer Weile verstört. „Falls doch, dann lassen Sie sich eins sagen: Solange ich in Ihrem Haus weile und mir bei Ihnen mein Brot verdiene, würde ich niemals etwas tun, das Ihnen auch nur im geringsten schaden könnte."

Sie reckte trotzig das Kinn vor, als sie das sagte. Wenn der Graf tatsächlich eine so schlechte Meinung von ihr hatte, empfand sie das als sehr kränkend.

Eine Weile schwiegen sie, dann sagte er: „Ich kenne noch immer nicht den Grund dafür, weshalb Sie bei uns ‚Ihr Brot verdienen' müssen, wie Sie es ausdrücken."

„Ich verstehe nicht, weshalb Sie die Wahrheit nicht akzeptieren wollen", erwiderte Sandra. „Ich hörte, daß Ihre Großmutter eine neue Gesellschafterin sucht, und habe mich um diese Position beworben."

„Und wer hat es Ihnen erzählt?" fragte der Graf.

Damit brachte er sie in Verlegenheit. Sie konnte ihm schließlich nicht eröffnen, daß sie als Gast der Prinzessin de Lieven einem Gespräch der Lady Tallent mit ihrem Neffen beigewohnt hatte.

Da sie Angriff für die beste Verteidigung in solchen Situationen hielt, sagte sie unwillig: „Hören Sie bitte auf, in meinem Privatleben herumzuschnüffeln! Es würde Ihnen auch nicht gefallen, wenn ich das bei Ihnen täte!" Erschrocken hielt sie inne, weil sie spürte, daß sie wieder zu weit gegangen war und sich mit ihm auf eine Stufe gestellt hatte, was einer Gesellschafterin nicht zukam.

„Das hätte ich nicht sagen dürfen", sagte sie verlegen. „Bitte, verzeihen Sie meine vorlaute Bemerkung."

Die Mundwinkel des Grafen zuckten verräterisch, als er erwiderte: „Sie sind wahrhaftig eine höchst ungewöhnliche Gesellschafterin, nur war mir bisher noch nicht bewußt, daß Sie ausgesprochen gefährlich werden können!"

Wieder war Sandra nicht sicher, ob er nur scherzte oder es ernst meinte. „Bitte, Sie müssen mir glauben!" bat sie ihn. „Ich bin gewiß in keiner Weise gefährlich, und wenn mein Benehmen zuweilen nicht meiner Stellung entspricht, so bitte ich das meiner Unerfahrenheit zuzuschreiben. Ich gebe mir die größte Mühe, alles richtig zu machen und meinen Pflichten gewissenhaft nachzukommen."

„Es läuft alles nur auf eins hinaus", bemerkte der Graf trocken. „Sie sind rein äußerlich nicht der Typ einer Gesellschafterin."

„Dagegen kann ich zu meinem Leidwesen nichts tun", erwiderte Sandra seufzend.

Sie dachte daran, mit welchem Haß Isobel sie verfolgt hatte, nur weil sie ihr äußerlich den Rang abgelaufen hatte, und war so ausschließlich in ihre Gedanken eingesponnen, daß ihr die erstaunte, ungläubige Miene des Grafen völlig entging.

Dann schien ihm plötzlich bewußt zu werden, daß sie sich den Außenbezirken von Brigthon näherten und Kyle House bald erreichen würden, so daß ihnen nicht mehr viel Zeit zu einem ungestörten Gespräch blieb.

„Ihre Bemerkung bedarf einer näheren Erklärung", stellte er fest. „Es würde mich freuen, bald eine zu erhalten."

„Es ist reine Zeitvergeudung, über mich zu sprechen", wehrte Sandra ab. „Sie könnten mir so viele Dinge erzählen, die mich interessieren. Meine größte Angst ist, diesen Ort verlassen zu müssen, bevor ich alles, was ich sehen, hören und erleben möchte, was mich fasziniert und beeindruckt, erfaßt habe."

Bevor er antworten konnte, fügte sie mit schüchternem Lächeln hinzu: „Ich danke Ihnen noch einmal für den wunderschönen Ausritt und würde das am liebsten jeden Tag wiederholen . . ., wenn . . . wenn es sich ermöglichen ließe."

Weil sie fürchtete, er könnte seine Meinung geändert und keinen Spaß mehr an ihrer Gesellschaft haben, ritt sie rasch voraus und verschwand bereits im Stall, bevor er sie einholen konnte.

Dort standen die Stallburschen bereit, um die Pferde in Empfang zu nehmen, und sie konnten nicht mehr ungestört miteinander reden.

Die Hände des Grafen umfaßten wieder ihre Taille, und er hob sie mühelos aus dem Sattel. Dabei wurde ihr bewußt, wie stark er war.

Als er sie behutsam auf dem Boden absetzte und einen Augenblick lang dicht vor ihr stand, erfaßte sie ein eigenartiges Gefühl, das sie sich nicht erklären konnte und in keinem Zusammenhang mit dem vorausgegangenen Gespräch stand.

Auf dem Weg zum Haus redete sie sich ein, es sei reine Einbildung gewesen. Einfach lächerlich, sich von ihm dermaßen verwirren zu lassen!

Nachdem sie sich umgekleidet hatte, nahm sie im Zimmer das Frühstück ein. Vermutlich würde der Graf unten im Frühstückszimmer seinen Morgenkaffee trinken, doch sie nahm an, daß ihr das nur zukam, wenn sie die alte Gräfin begleitete, der im übrigen die Mahlzeiten meistens aufs Zimmer gebracht wurden.

Obwohl niemand ein Wort hatte verlauten lassen, wurde sie das Gefühl nicht los, daß ihre Teilnahme an der Dinnerparty gestern abend allgemeines Erstaunen ausgelöst hatte.

Sie erinnerte sich, daß ihre eigenen Gouvernanten nur am Abendessen teilgenommen hatten, wenn ihr Schützling ebenfalls anwesend war, sonst hatten sie die Mahlzeiten in ihrem Zimmer eingenommen.

Ich muß strenger darauf achten, meine Grenzen nicht zu überschreiten, nahm sie sich vor.

Während Sie in den hübschen Morgenrock schlüpfte, der aus der Bond Street stammte, stellte sie bei sich fest, daß es ihr ziemliche Schwierigkeiten bereitete, ihrer Rolle in dieser Hinsicht gerecht zu werden.

Als die Gräfin ihre Morgentoilette beendet hatte, Puder und Rouge aufgelegt hatte und ihre rote Perücke trug, ließ sie Sandra zu sich bitten.

Außer ihrer Zofe durfte niemand ihr Schlafgemach betreten, bevor sie sich zurechtgemacht hatte und ihren Schmuck trug.

An diesem Morgen bestand er aus einem zauberhaften Saphircollier, dessen Farbe die des Meeres widerzuspiegeln schien, und dazu passenden Ohrringen und Armbändern.

„Wie ich hörte, sind Sie mit meinem Enkelsohn ausgeritten", sagte die Gräfin, als Sandra das Zimmer betrat.

„Ja, Madam", erwiderte sie knicksend. „Ich hoffe, Sie haben gut geruht."

Die Gräfin ging nicht darauf ein.

„Da haben die Klatschbasen wieder was zu schwatzen", sagte sie boshaft. „Ich kann mich nicht erinnern, daß Willoughby jemals eine meiner Gesellschafterinnen aufgefordert hat, ihn zu begleiten."

Sandra sah sie bestürzt an, weil sie fürchtete, eine Rüge zu erhalten, aber die alte Gräfin kicherte belustigt.

„Sie waren allesamt Angsthasen und wagten nicht mal, ihn anzusehen, geschweige denn, mit ihm auszureiten."

„Vielleicht hätte ich Sie vorher um Erlaubnis fragen sollen, Madam", sagte Sandra verlegen, „aber es war so herrlich, ein edles Pferd zu reiten, daß ich es nicht beschreiben kann."

„Kann ich mir gut vorstellen", bemerkte die Gräfin, „aber wenn Sie sich nicht vorsehen, ziehen Sie den Zorn sämtlicher Schönheiten hier auf sich und laufen Gefahr, daß man Ihnen die Augen auskratzt. Sie betrachten Willoughby als ihr Eigentum und wehren sich mit allen Mitteln gegen Eindringlinge."

„Ich habe nicht die geringste Absicht, ihre Kreise zu stören", versicherte Sandra.

„Ich möchte zu gern wissen, was Prinzessin Olga dazu zu sagen hätte", fuhr die Gräfin fort. „Ganz bestimmt eine Menge. Sie können von Glück sagen, wenn sie Ihnen nicht die Knute zu spüren gibt oder womit diese unberechenbare Rasse sonst noch ihre Leibeigenen zu züchtigen pflegt!"

Sandra sah die Gräfin nur mit großen Augen an und wußte nicht, was sie darauf erwidern sollte.

Sie fragte sich, wer diese Prinzessin Olga war und welche Rolle sie im Leben des Grafen spielte.

Die Gräfin schien ihre Verwirrung zu verstehen, denn sie sagte besänftigend: „Zerbrechen Sie sich darüber nicht den Kopf. Willoughby tut ja doch, was er will. Das hat er schon immer getan." Sie kicherte kurz und fuhr dann fort: „Was diese Frauen sich auch einbilden mögen, sie werden ihn genausowenig ändern können wie die Richtung der Meeresströmungen."

Sandra lachte, weil das Bild sie erheiterte, gleichzeitig kamen ihr jedoch Bedenken.

„Vielleicht hätte ich die Einladung von Seiner Lordschaft ablehnen sollen", sagte sie mit dünner Stimme. „Aber . . . aber ich habe mir schon immer so sehnlich gewünscht, einmal auf einem edlen Pferd reiten zu dürfen, daß ich . . . daß ich . . ."

„Ablehnen?" rief die Gräfin aus. „Ich kann mir nicht vorstellen, daß es jemandem gelingt, etwas abzulehnen, das Willoughby sich in den Kopf gesetzt hat."

„Was hätte ich sonst tun sollen?“

„Genau das, was Sie getan haben, und denjenigen, die sich darüber aufregen, sollten Sie raten, sich um ihre eigenen Angelegenheiten zu kümmern“, entgegnete die Gräfin mit Nachdruck.

Sandra seufzte erleichtert auf.

„Sie sind großartig!“ entfuhr es ihr. „So etwas können nur Sie sagen! Immerhin sehe ich jetzt ein, daß es mir als Ihrer Gesellschafterin nicht zukam, mich wie ein Gast des Hauses aufzuführen.“

„Vermutlich ist das auf die Tatsache zurückzuführen, daß Sie überhaupt nicht wie eine Gesellschafterin aussehen.“ Die Gräfin stellte das auf die gleiche trockene Art fest wie ihr Enkel, und Sandra entgegnete bekümmert:

„Mein Aussehen ist schuld an so vielen mißlichen Dingen, die ich erlebt habe, daß ich mich zuweilen am liebsten schwarz anmalen, eine Brille aufsetzen und mir das Haar färben würde.“

Die Gräfin lachte.

„Ihr Gesicht macht Ihnen also Kummer, wie? Nun, die meisten Frauen, die ich kenne, würden diesen Kummer nur allzugern in Kauf nehmen.“

Sandra blickte zum Fenster hinaus auf den sonnenbeschienenen Garten.

„Bitte, geben Sie mir einen Rat, Madam“, sagte sie dann. „Sollte Seine Lordschaft mich erneut zum Ausritt einladen, was allerdings unwahrscheinlich ist, sollte ich dann ‚nein‘ sagen?“

„Das wäre vielleicht schicklich“, erwiderte die Gräfin, „aber auch sehr töricht.“

„Sie meinen, ich könnte ‚ja‘ sagen?“

„Von meinem Standpunkt aus allerdings.“

„Vielen, vielen Dank!“ rief Sandra erleichtert aus. „Dann bete ich darum, daß es sich wiederholt, denn ich habe noch nie einen Ritt so sehr genossen!“

„Ist das dem Pferd zu verdanken oder Ihrem Begleiter?“ erkundigte sich die Gräfin mit einem süffisanten Lächeln.

Es dauerte eine Minute, bis Sandra den Sinn der Frage verstand.

„Ich dachte dabei wirklich nur an das Pferd“, antwortete sie ehrlich, „und daß es sehr freundlich von Seiner Lordschaft war, mir ein so prächtiges Tier anzuvertrauen.“

Die Gräfin sah sie forschend an, als zweifle sie daran, daß das die reine Wahrheit war.

„Als ich Ihnen gestern abend mitteilte, daß mein Enkelsohn verheiratet ist“, sagte sie dann, „war das als Warnung gedacht.“

„Als Warnung wovor?“

„Sich nicht in ihn zu verlieben.“

Sandra sah sie fassungslos an.

„An so etwas habe ich nicht im entferntesten gedacht“, versicherte sie dann glaubhaft. „Wie könnte ich mich in eine so bedeutende Persönlichkeit verlieben, die zudem . . .“ Sie unterbrach sich und verkniff sich zu sagen: „. . . die zudem eine so schlechte Meinung von mir hat, da die Gräfin nicht zu wissen brauchte, daß ihr Enkel sie beschuldigt hatte, ihre Stellung nur als Sprungbrett zu benutzen.“

„Wollen Sie mir etwa weismachen, daß Sie meinen Enkel nicht attraktiv finden?“ fragte die Gräfin ungläubig.

„Ich kann verstehen, daß sich viele Frauen in ihn verlieben“, erwiderte Sandra, „aber mir flößt er nicht nur Respekt und Furcht ein, mir kommt er auch ein wenig . . . unwirklich vor.“

„Wie meinen Sie das?“

„Alles, was ich hier erlebe, mutet mich wie ein Schauspiel an“, versuchte Sandra, es der Gräfin zu erklären. „Selbst Sie, Madam, scheinen zuweilen eine Bühnenrolle zu spielen, und der Graf erscheint mir wie ein Phantasiegebilde, wie die Gestalt aus einem Roman, nicht wie ein Mensch aus Fleisch und Blut."

„Das ist allerdings eine Einschätzung, die mir noch nie zu Ohren gekommen ist", stellte die Gräfin fest, „und die zweifellos auch Willoughby in Erstaunen versetzen würde."

„Dann sagen Sie ihm bitte nichts davon", bat Sandra. „Er könnte es ungehörig finden. Ich habe ihm schon viel zu viel Dinge gesagt, die mir nicht zustanden, und mich dafür entschuldigen müssen."

„Das muß eine ganz neue Erfahrung für ihn gewesen sein."

„Daß ich mich entschuldigt habe?"

„Nein, daß ihm eine Frau offenbar ihre Meinung sagt. Die meisten weiblichen Wesen, die ihn umschwirren, schmeicheln ihm in den höchsten Tönen und heben seine Tugenden in den Himmel."

„Gefällt ihm das?"

„Natürlich gefällt es ihm, obwohl er es leugnet", erwiderte die Gräfin. „Alle Männer sind eitel und aufgeblasen und von ihrer eigenen Wichtigkeit überzeugt; was allerdings in Willoughbys Fall teilweise berechtigt ist."

„Er reitet ausgezeichnet", sagte Sandra, „und ist vermutlich ebenso überragend, wenn er ein Vierergespann oder die Kutschpferde eines Phaetons lenkt."

„Das kann jeder junge Narr", sagte die Gräfin verächtlich. „Willoughby hat in seinem Leben ein wenig mehr geleistet als das, was ihm leider Gottes nur geschadet hat."

„Was war das?" fragte Sandra gespannt.

„Er hat französische Aristokraten vor der Guillotine gerettet."

Sandra riß erschrocken die Augen auf.

„Er hat sie vor der Guillotine gerettet?" wiederholte sie. „Ist das wirklich wahr?"

„Vermutlich muß ich jetzt Ihre Neugier befriedigen und Ihnen alles erzählen", erkannte die Gräfin.

Sandra ließ sich auf den Stuhl neben dem Bett nieder und sah die Gräfin erwartungsvoll an. Zweifellos würde das, was sie zu hören bekam, ebenso erstaunlich sein wie alles, was mit diesem ungewöhnlichen Menschen zusammenhing.

„Willoughby besuchte 1793 die Universität Oxford", begann die Gräfin. „Zwei Jahre nach der Hinrichtung des Königs und der Königin von Frankreich wurden immer noch angesehene Leute von den Aufrührern zum Tode verurteilt." Sie hielt inne, als peinige sie die Erinnerung an jene Zeit, dann fuhr sie fort: „Vielen von ihnen gelang die Flucht aufs Land, wo sie sich versteckten. Willoughby und einer seiner Freunde empfanden es als Akt der Ritterlichkeit, diese Verfolgten in Sicherheit zu bringen."

Sandra faltete die Hände im Schoß und hörte gespannt zu.

„Sie segelten die französische Küste entlang", berichtete die Gräfin weiter, „verkleideten sich und durchkämmten das Küstengebiet nach Flüchtlingen. Einmal holten sie sogar einen Mann einen Tag vor seiner Hinrichtung aus dem Gefängnis."

„Wie großherzig von ihnen!" rief Sandra begeistert aus. „Aber sicher war dieses Unternehmen sehr gefährlich!"

„Sehr gefährlich, geradezu tollkühn", sagte die Gräfin mißbilligend. „Ich kann Ihnen versichern, daß mein Sohn, Willoughbys Vater, außer sich war vor Zorn, daß der Junge auf so törichte Weise sein Leben aufs Spiel setzte."

„Es mag töricht gewesen sein, aber es war auch sehr mutig."

„Jedenfalls wird eine gute Tat selten belohnt", fuhr die Gräfin fort, „zumindest traf das auf Willoughby zu."

„Was ist geschehen?"

„Eine der letzten französischen Familien, die er 1793 rettete, waren der Comte und die Comtesse de Valmont und deren Tochter Yvonne. Willoughby war damals erst zwanzig, und als er die Familie nach England gebracht hatte, teilte er seinem Vater mit, daß er Yvonne heiraten werde."

Die Gräfin schien in Gedanken in der Vergangenheit zu weilen und fuhr fort:

„Beide Familien widersetzten sich aufs schärfste dieser Verbindung und wollten nicht einmal die Verlobung der jungen Leute zulassen. Da der arme Junge sich einbildete, rettungslos verliebt zu sein, trat er in die Armee ein, um das Regime zu bekämpfen, das er aus tiefster Seele verabscheute."

„Er war also in der Armee", murmelte Sandra vor sich hin.

„Natürlich hat er gedient", bekräftigte die Gräfin, „und er hat sich durch besondere Tapferkeit ausgezeichnet. Dann kam der Waffenstillstand."

Sie hielt inne, und Sandra warf ein: „Vermutlich quittierte Seine Lordschaft seinen Dienst in der Armee?"

„Nicht nur, weil keine Kämpfe mehr stattfanden", erklärte die Gräfin, „sondern weil mein Sohn starb und Willoughby sein Erbe antreten mußte."

Sie stieß einen tiefen Seufzer aus, als sie hinzufügte: „Außerdem heiratete er diese Französin, denn jetzt brauchte er dazu keine Genehmigung mehr einzuholen."

„Das klingt sehr romantisch", murmelte Sandra vor sich hin und hatte das Gefühl, einer Episode aus einem Roman zu lauschen.

„Es war nichts dergleichen", entgegnete die Gräfin unwillig. „Die beiden paßten überhaupt nicht zueinander. Yvonnes einziger Vorzug war ihre Schönheit."

Wieder schwieg sie.

„Was ist geschehen?" fragte Sandra.

„Was alle vorausgesehen haben, außer einem gewissen verbohrten Narren!“ entgegnete die Gräfin. „Das Mädchen, in das er sich verliebt hatte, als er zwanzig war, hatte sich verändert.“

„Meiner Schätzung nach“, sagte Sandra nachdenklich, „waren etwa neun Jahre vergangen, in denen er gegen das Land gekämpft hatte, aus dem sie stammte.“

„Ganz recht!“ bestätigte die Gräfin. „Willoughby war von 1793 bis 1802 in der Armee, und in diesen Jahren war er zum Mann gereift und gewohnt, Befehle zu erteilen. Yvonne hatte sich auch verändert.“

„In welcher Weise?“

„Sie war gerade siebzehn, als Willoughby sie aus Frankreich zu uns brachte, und inzwischen war sie das, was man bei uns eine alte Jungfer nennt.“

„Aber sie hat Seine Lordschaft doch all die Jahre geliebt und ihm die Treue gehalten!“

„Sie hat nichts dergleichen getan“, gab die Gräfin heftig zurück. „Weil die de Valmonts mit Mrs. Fitzherbert weitläufig verwandt waren, erhielten sie Privilegien und wurden mehr hofiert als die übrigen Emigranten.“

„Dann muß Mademoiselle Yvonne doch viele andere Gentlemen kennengelernt haben.“

„Selbstverständlich“, erwiderte die Gräfin, „aber das waren nur Engländer.“

„Wie soll ich das verstehen?“

„Nach allem, was sie durchgemacht hatte, entwickelte Yvonne einen abgrundtiefen Haß gegen alles Englische, mit Ausnahme der Engländer, die sie und ihre Familie in Sicherheit gebracht hatten.“

„Also hat sie Ihren Enkelsohn doch geliebt?“

„Nein. Ihre Eltern überredeten sie dazu, Willoughby zu heiraten, aus Dankbarkeit für seine ritterliche Tat. Sie gehorchte, aber sie haßte das Leben hier, seine Verwandten und das ganze Land, in dem sie zu leben gezwungen war.“

„Sonderbar", fand Sandra. „Seine Lordschaft müßte doch gespürt haben, daß sie ihn nicht aufrichtig liebte."

„Willoughby wollte unbedingt seinen Willen durchsetzen; das hat er seit seiner Geburt getan. Sobald er den Armeedienst quittiert hatte, schleppte er sie in die Kirche und ließ sich trauen."

„Was geschah dann?"

„Drei Monate nach der Trauung, als sie wieder ungefährdet nach Frankreich reisen konnte, verließ sie ihn."

„Unfaßbar!" rief Sandra aus.

„Und doch ist es die reine Wahrheit. Ihre Eltern waren zu gebrechlich, um die Strapazen der Reise auf sich zu nehmen. Ihnen machte sie weis, sie wolle Verwandte aufsuchen, von denen sie seit Jahren kein Lebenszeichen mehr erhalten hatten."

„Sie kehrte nie zurück?"

„Vermutlich hat ihr Vater einige Male Nachricht von ihr erhalten, doch dann kam nichts mehr."

„Wie entsetzlich!"

„Es ist nicht nur entsetzlich, sondern ungemein tragisch", erwiderte die Gräfin erbost. „Willoughby ist ein sehr vermögender Mann mit einem ehrwürdigen alten Adelstitel und müßte mittlerweile längst einen Erben haben, wenn nicht gar ein Dutzend!"

Die alte Dame zeigte sich vom Unglück ihres Enkels so betroffen, daß Sandra beruhigend die Hand auf ihren Arm legte.

„Es tut mir so leid um Sie", sagte sie leise.

„Seit neun Generationen ist der Titel vom Vater auf den Sohn übergegangen", sagte die Gräfin, „und jetzt hat ein verdrehtes französisches Frauenzimmer etwas zerstört, das zur ruhmreichen Geschichte dieses Landes gehört."

„Kann Seine Lordschaft seine Gemahlin nicht zur Rückkehr bewegen?"

„Das hätte er tun müssen, bevor der Waffenstillstand

aufgehoben wurde“, erwiderte die Gräfin, „doch er war wohl zu stolz, den ersten Schritt zu tun. Jetzt ist es zu spät.“

„Natürlich. Es herrscht Krieg“, murmelte Sandra vor sich hin.

„Wenn Yvonne wirklich zurückkommen wollte, könnte sie es irgendwie schaffen“, sagte die Gräfin verächtlich, „ebenso wie die vielen anderen französischen Emigranten, die auf irgendwelchen Schleichwegen scharenweise in unser Land strömen.“

„Glauben Sie, daß sie die Absicht hat, irgendwann einmal zurückzukehren?“ fragte Sandra nach einer Weile.

„Wie ich schon sagte, haßt sie England und alles, was damit zusammenhängt. Sie war so erpicht darauf, nach Frankreich zurückzukehren, daß sie ganz bestimmt niemals zurückkehren wird.“

Wenn das Leben die alte Gräfin nicht so hart gemacht hätte, dann wäre sie jetzt wohl in Tränen ausgebrochen, so verzweifelt klang ihre Stimme.

„Es ist so . . . grausam“, sagte Sandra leise.

„Nicht nur grausam, es ist ein Verbrechen, daß Willoughby mit all seinen Talenten, seinem Charme und seinen Fähigkeiten dazu verdammt sein soll, einem kindischen Ideal treu zu bleiben.“

Die Gräfin schwieg eine Weile und fügte dann verbittert hinzu: „Er sah sich selbst als Sir Galahad, der edle Kreuzritter, und hat sich dabei eigenhändig die Lanze in die Brust gerammt!“

Sandra stieß einen tiefen Seufzer aus.

„Vielleicht nimmt es doch noch ein glückliches Ende“, sagte sie ohne Überzeugung. „Vielleicht kommt sie zurück und schenkt Seiner Lordschaft den Erben, den Sie sich so sehr wünschen, und sie werden doch noch eine glückliche Familie.“

Da die Gräfin weiterhin schwieg, fügte Sandra hinzu:

„Ich bete darum, daß alles gut wird, nicht nur Ihretwegen, Madam, sondern auch wegen Seiner Lordschaft."

„Ich danke Ihnen, meine Liebe", erwiderte die Gräfin, „aber das ist genauso unwahrscheinlich wie ein blaugefärbter Mond oder Mrs. Fitzherbert als Königin von England."

Das klang wieder so bissig, daß Sandra am liebsten hellauf gelacht hätte.

Den Rest des Tages verbrachte Sandra damit, über das tragische Schicksal des Grafen nachzudenken, den sie bisher völlig falsch eingeschätzt hatte.

Sie hatte durch ihren Großvater die Überzeugung gewonnen, alle Dandys und Stutzer seien nichts anderes als aufgeputzte Nichtstuer, die ihr Geld am Spieltisch und bei Trinkgelagen verpraßten.

Da der Graf stets elegant gekleidet war und außerdem zur ständigen Begleitung des Kronprinzen gehörte, hatte sie ihn ebenso eingeschätzt.

Sie sollte bald selbst erkennen, daß auch vieles, was man sich über den Kronprinzen erzählte, reine Erfindung boshafter Zeitgenossen war.

Am Nachmittag unternahm sie mit der Gräfin einen kurzen Spaziergang über die „Steine" und sah eine prunkvolle Erscheinung auf sich zukommen, die von mehreren Kavalieren, unter ihnen auch der Graf, begleitet wurde.

Sandra brauchte nicht darüber aufgeklärt zu werden, daß es sich um den Kronprinzen handelte, der seinen gewohnten Spaziergang die Promenade entlang unternahm, um Freunde zu treffen und die Schönheiten in Augenschein zu nehmen, die alle darauf brannten, seine Aufmerksamkeit zu erregen.

Er pflegte bis zu Mrs. Fitzherberts Haus zu lustwandeln und dann von ihrem Balkon aus seinen Freunden und Bekannten zuzuwinken.

Sandra entdeckte ihn zuerst. „Ich glaube, Madam, da vorn kommt der Kronprinz mit seinem Gefolge."

„Ist Willoughby bei ihm?" erkundigte sich die Gräfin.

„Ja, Madam."

„Dann wird er uns zweifellos ansprechen. Vergessen Sie nicht, einen tiefen Hofknicks zu machen. Wenn ich etwas hasse, dann ist es dieses alberne Auf- und Abhopsen, das heutzutage in Mode gekommen ist und weder anmutig noch ehrerbietig wirkt."

„Ich werde Ihnen keine Schande machen, Madam", versprach Sandra, obwohl sie es für unwahrscheinlich hielt, daß der Kronprinz ihr Beachtung schenken würde.

Kaum hatte er die alte Gräfin entdeckt, da ging er auf sie zu und begrüßte sie mit seiner tiefen, dröhnenden Stimme, die, wie Sandra später erkannte, von unwiderstehlichem Charme war. Er erkundigte sich nach dem Befinden der Gräfin und küßte ihr die Hand.

Trotz ihres hohen Alters brachte die Gräfin einen tiefen Hofknicks zustande.

Sandra hielt sich zurück und stellte ihre Betrachtungen an. Der Prinz sah viel besser aus, als sie erwartet hatte. Er war zwar etwas korpulent, aber längst nicht so unförmig, wie die Karikaturisten ihn darstellten.

Dann streifte sie sein Blick, und die Gräfin stellte vor: „Meine neue Gesellschafterin, Sir, Miß Sandra Wade, die ihren ersten Aufenthalt in Brighton als absonderliches, aber amüsantes Schauspiel betrachtet."

„Das kann ich mir gut vorstellen", sagte der Kronprinz, während Sandra in einen vorschriftsmäßigen Hofknicks versank, wie man es sie geheißen hatte. „Gleichzeitig muß ich feststellen, daß Miß Wade eine Bereicherung für diesen Ort darstellt und mit ihrer jugendlichen Frische und Schönheit Aufsehen erregen wird."

Sein Kompliment schmeichelte ihr, und sie sah ihm fasziniert nach, als er auf Mrs. Fitzherberts Sommerhaus zuging. Sie fühlte sich ebenso gefesselt von ihm wie seine ergebensten Verehrer bei Hofe.

Jetzt konnte sie auch verstehen, weshalb intelligente Männer wie der Graf, wie Charles Fox und viele andere die Nähe des Kronprinzen suchten und zu seinen treuesten Anhängern zählten.

Sie traute ihren Ohren nicht, als er sich beim Abschied, an die Gräfin wandte:

„Darf ich Sie morgen abend zum Dinner einladen? Ich möchte Ihnen einige neue chinesische Kostbarkeiten zeigen, die ich für meinen Pavillon erworben habe."

„Es wird mir ein Vergnügen sein, Sir", erwiderte die Gräfin.

„Natürlich bringen Sie die hübsche junge Dame in Ihrer Begleitung mit", fügte der Kronprinz hinzu. „Sie ist zwar keine Chinesin, aber sie gleicht eklatant einer Porzellanfigur meiner Sammlung."

Während er sich in Begleitung seiner engsten Freunde zum Haus begab, boten diese mit ihren auf Hochglanz polierten Schaftstiefeln, ihren blitzenden Uhrketten und den hohen Zylinderhüten einen so überwältigenden Anblick, daß Sandra von ehrfürchtigem Staunen ergriffen war und sich schließlich mit völlig veränderter Stimme fragen hörte:

„Hat . . . hat Seine Königliche Hoheit mich wirklich und wahrhaftig für morgend abend zum Dinner eingeladen?"

„Sie haben's doch gehört", entgegnete die Gräfin. „Er mag zwar auf die dreiundvierzig zugehen, aber er hat immer noch einen Blick für hübsche Mädchen, so sehr ihm seine katholische Betschwester auch Beschränkungen auferlegt haben mag."

Ich wünschte, Mama könnte das erleben, war Sandras erster Gedanke.

Doch gleichzeitig wurde ihr bewußt, daß die einzige

Person, die niemals erfahren durfte, wie es zu dieser Einladung gekommen war, ihre Stiefmutter war.

Sie war sicher, daß Isobel sie entweder entführt oder in ein Verlies geworfen hätte, wäre ihr zu Ohren gekommen, daß sie mit dem Prinzen von Wales dinieren sollte. Sie wäre sogar fähig gewesen, sie aus purem Neid zu ermorden.

„Was bekümmert Sie?“ wollte die Gräfin wissen, als sie langsam zum Kyle House zurückgingen.

„Ich mußte gerade daran denken, Madam, wie viele Leute mich um die Einladung Seiner Königlichen Hoheit beneiden würden.“

„Wie Sie sehen, hat ein hübsches Gesicht zuweilen auch seine Vorteile“, bemerkte die Gräfin lächelnd.

„Aus diesem Grunde werde ich mich auch nie mehr darüber beschweren“, versprach Sandra, und sie lachten beide.

# 5

Am nächsten Morgen war Sandra bereits vor sieben Uhr wach und stellte bedauernd fest, daß der Graf offenbar ohne sie ausreiten würde.

Sie hatte die Hoffnung gehegt, er werde ihr eine Nachricht zukommen lassen, daß er sie bei den Stallungen erwarte, aber sie wurde enttäuscht.

Dann sagte sie sich, daß sie unbescheiden war und zuviel erwartete.

Der Gedanke jedoch, daß er allein durchs Hügelland reiten oder sich – schlimmer noch – in Begleitung eines anderen weiblichen Wesens befinden könnte, das er amüsanter fand als sie, war ihr unerträglich.

Viel früher als gewöhnlich begab sie sich in den Frühstücksraum und stellte fest, daß für den Grafen nicht gedeckt war, er also offensichtlich außerhalb frühstücken wollte.

Sie kam sich ein wenig verloren vor, schalt sich dann albern und zwang sich, die Zeit bis zu ihrem Dienstantritt bei der Gräfin mit der Lektüre eines Buches zu verbringen.

Als die Zeitungen eintrafen, brachte sie diese ins Schlafgemach der Gräfin.

Wie gewöhnlich war die alte Dame bereits gepudert und geschminkt und trug ihre Perücke. Dazu hatte sie heute eine mehrreihige Perlenkette angelegt, die ein Vermögen wert sein mußte.

Da die Gräfin an diesem Morgen offenbar nicht sehr gesprächig war, begann Sandra sofort mit dem Leitartikel der *Morning Post* und dem Hofbericht. Letzterer enthielt die Mitteilung, daß der Kronprinz im Marine-Pavillon in Brighton eingetroffen sei und viele prominente Persönlichkeiten sich bereits im Seebad befänden oder demnächst anreisen würden.

Natürlich wurde auch der Graf namentlich erwähnt und viele der schönen Damen, von denen sie in London gehört hatte.

Die Gräfin äußerte sich nicht zu den Neuigkeiten, die sie vorgelesen bekam, und Sandra sagte am Schluß mit ihrer weichen Stimme:

„Soll ich Ihnen anschließend aus einem Roman vorlesen?"

„Es ist eine Ewigkeit her, seit ich mir einen Roman vorlesen ließ", bemerkte die Gräfin. „Es war ein miserabler Vortrag."

„Ich hoffe, das Buch wird Sie ein wenig aufheitern."

„Woher wollen Sie wissen, daß ich eine Aufheiterung benötige?" fragte die Gräfin beinahe feindselig. Ihre Reaktion zeigte Sandra, daß sie das Falsche gesagt hatte.

Als die Gräfin kurz darauf den Wunsch äußerte, aufzustehen, begab Sandra sich nach unten in die Bibliothek, um einen geeigneten Roman herauszusuchen.

Sie schwankte zwischen einer witzigen und einer romantischen Geschichte und entschied sich schließlich für das neueste Werk von Jane Austin.

Es überraschte sie nicht, diesen erst kürzlich erschienenen Roman in einem der Regale zu finden. Sie hatte längst festgestellt, daß dieser Haushalt vorbildlich geführt wurde. Der Graf sorgte dafür, daß alles wie am Schnürchen lief, denn er strebte in allem, was er tat, Vollkommenheit an.

Um so schmerzlicher mußte es ihn berühren, keine Frau an seiner Seite zu haben, die die Rolle der Gastgeberin übernehmen konnte.

Was für eine Frau mochte Yvonne sein? Schön war sie, soviel wußte Sandra.

Sie sollte noch im Laufe des Tages den Typ Frau kennenlernen, mit dem der Graf sich umgab, und aus dem Staunen nicht mehr herauskommen.

Sie hatten einen leichten Lunch eingenommen, weil die Gräfin der Meinung war, man würde sich sonst den Appetit für das Galadiner verderben, das im Marine-Pavillon stattfinden würde.

„Zu der angegebenen Zeit pflegen zivilisierte Menschen ihren Tee zu trinken", sagte die Gräfin mißbilligend. „Wenn ich etwas hasse, dann sind es ländliche Sitten und schlechte Manieren!"

Da das Mahl um sechs Uhr stattfinden sollte, hatten sie sich eine Viertelstunde vorher im Marine-Pavillon einzufinden.

Deshalb würden sie keine Zeit haben, die Promenade entlangzufahren oder sich unter die Passanten zu mischen, die Sandra von ihrem Fenster aus beobachten konnte und deren Zahl ihrer Schätzung nach zugenommen hatte.

Statt dessen saß sie mit der Gräfin im Salon und überlegte gerade, was sie anziehen sollte, als die Tür geöffnet wurde und der Graf eintrat. Sandra spürte ihr Herz unvermittelt schneller schlagen.

„Willoughby!" rief die Gräfin erfreut aus. „Du hast mich den ganzen Tag sträflich vernachlässigt!"

„Ich hielt es nicht für nötig, meine Abwesenheit zu entschuldigen, Großmama", erwiderte der Graf und küßte ihre Hand, „da ich annahm, du würdest dich daran erinnern, daß heute das Rennen stattfindet."

„Natürlich!" rief die Gräfin kopfschüttelnd aus. „Wie töricht von mir, das zu vergessen! Das hat dich also so lange aufgehalten?"

„Der Prinz hat Spaß daran", erwiderte der Graf, „und

heute ist er völlig aus dem Häuschen, weil sein Pferd *Orvil* den Pokal gewonnen hat."

„Das muß ein großer Triumph für ihn gewesen sein", bemerkte seine Großmutter.

„War es auch! Außerdem war es ein spannendes Rennen."

„Inwiefern?" fragte Sandra.

Der Graf hatte noch kein Wort mit ihr gesprochen, seit er ins Zimmer getreten war, aber sie hatte seinen Blick auf sich gespürt. Vermutlich hatte er gemerkt, wie sehr sie sich über sein Erscheinen freute.

„*Orvil* galt als Außenseiter", erklärte er ihr, „und war lange das Schlußlicht. Erst im Endspurt holte er auf und gewann schließlich das Rennen."

Er lächelte ein wenig spöttisch, als er fortfuhr: „Sie werden unseren Gastgeber heute abend in äußerst gnädiger Laune vorfinden."

„Das ist immerhin erfreulich", bemerkte die Gräfin.

In diesem Augenblick erschien der Butler an der Tür. „Ihre Königliche Hoheit, Prinzessin Olga Kaponski, Mylady!" meldete er.

Bevor die Gräfin die Besucherin hereinbitten konnte, schwebte schon das schönste weibliche Wesen in den Salon, das Sandra jemals gesehen hatte. Sie trug eine Robe aus smaragdgrüner Seide und grüne Straußenfedern am Hut.

Wie ein exotischer Paradiesvogel mutete sie Sandra an.

Die Prinzessin stieß einen spitzen Schrei aus, als sie den Grafen erblickte, und lief mit ausgestreckten Armen auf ihn zu.

„Willoughby! Ich habe so gehofft, dich hier anzutreffen, denn ich brauche deine Hilfe. Ich bin völlig verzweifelt!"

Sie sprach mit einem reizvollen Akzent und blickte mit kokettem Augenaufschlag zum Grafen auf. Ihre grünen

Augen mit den langen, dunklen Wimpern schienen das ganze Gesicht zu beherrschen. Sie hatte ebenmäßige Züge, kirschrote Lippen und einen zarten, blassen Teint.

„Meine Hilfe?“ wiederholte der Graf. „Wobei?“

Er schien nicht sonderlich besorgt und schlug den gleichen trockenen und ein wenig überheblichen Ton an, den er zuweilen auch Sandra gegenüber anstimmte.

„Gleich werde ich dir meine scheußliche Lage schildern“, gurrte die Prinzessin, „aber erst möchte ich deine Großmutter begrüßen.“

Sie bewegte sich so anmutig von ihm weg, als schwebe sie über den Teppich. Mit einem Knicks begrüßte sie die alte Gräfin und faßte nach ihrer Hand.

„Ich bin hocherfreut, Sie wiederzusehen, Madam. Und ich möchte Sie ebenso wie Ihren Enkelsohn bitten, mir Ihr Mitleid nicht zu versagen.“

„Sie sehen gar nicht besonders bemitleidenswert aus“, bemerkte die Gräfin.

„Aber ich bin völlig verzweifelt“, rief die Prinzessin theatralisch aus. „Ich bin heute hier angekommen und nahm an, ich könnte die Suite im ‚Royal Crescent‘ bewohnen, die Vladimir für uns beide für morgen bestellt hat.“

Sie wandte sich an den Grafen und rang die Hände.

„Ich komme gerade von dort. Die Suite ist bis morgen von einer gewöhnlichen Person belegt, die nicht weichen will, weil sie bis morgen gemietet hat.“

Der Graf äußerte sich nicht dazu, aber Sandra sah ihm an, daß er genau wußte, was jetzt kommen würde.

„Deshalb bitte ich dich von Herzen, dich meiner zu erbarmen und mir ein winzig kleines Zimmer in deinem Haus für eine Nacht zur Verfügung zu stellen. Und wenn es eine Dachkammer ist, in der ich mein müdes Haupt zur Ruhe betten kann.“

„Ich denke, ich kann dir etwas Besseres bieten als eine Dachkammer“, erwiderte der Graf.

„Du nimmst mich also bei dir auf?“ rief die Prinzessin entzückt aus. „Dann habe ich in der Tat großes Glück gehabt. Aber ich wußte, *mon cher,* daß du mich aus meiner verzweifelten Lage retten würdest.“

„Ich lasse dein Gepäck ins Haus bringen“, sagte der Graf und läutete dem Butler. „Lassen Sie das Gepäck Ihrer Hoheit ins Rosenzimmer bringen“, wies er ihn an.

„Sehr wohl, Mylord.“

Der Butler schloß die Tür hinter sich, und der Graf begab sich zu einem kleinen Tisch, auf dem zuvor einer der Diener ein Tablett mit einem Eiskübel und einer geöffneten Flasche Champagner abgestellt hatte.

„Nach der langen Reise kannst du sicher eine Erfrischung brauchen“, sagte er. „Kommst du aus London?“

„Nein, ich hielt mich in Uckfield auf“, erwiderte die Prinzessin, „und nur weil ich es nicht erwarten konnte, dich wiederzusehen, Willoughby, unterlief mir der Fehler mit der Buchung.“ Dabei sah sie den Grafen unter gesenkten Wimpern verführerisch an. Sie wirkte in diesem Moment in der Tat hinreißend.

Sandra war sicher, daß sie log und die ganze Zeit gewußt hatte, daß sie im Haus des Grafen Unterschlupf suchen würde.

Sie konnte sich nicht erklären, wieso sie das wußte, aber es war eine Eingebung, die sie befähigte, die Lady zu durchschauen.

Dann schien der Graf sich plötzlich an sie zu erinnern und übernahm die Vorstellung: „Ich möchte dir Miß Wade, die neue Gesellschafterin meiner Großmutter, vorstellen.“

Sandra erhob sich hastig und knickste leicht, während die Prinzessin nur ein herablassendes Kopfnicken für sie übrig hatte, das deutlich machte, wie unwichtig ihr eine Angestellte des Hauses war.

Um die Herrschaften allein zu lassen, machte Sandra Anstalten, das Zimmer zu verlassen. Sie hatte die Tür fast erreicht, als die Gräfin ihr nachrief: „Warten Sie! Es ist Zeit zum Umkleiden, sonst verspäten wir uns noch zum Dinner im Marine-Pavillon."

Während sie sich ebenfalls erhob und zur Tür ging, fragte die Prinzessin: „Sie dinieren mit Seiner Königlichen Hoheit?"

„Er wäre sicher entzückt, dich wiederzusehen", erwiderte der Graf. „Ich schicke ihm einen Boten mit der Nachricht, daß du eingetroffen bist."

„Ich bin enttäuscht, nicht mit dir dinieren zu können", sagte die Prinzessin mit leiser Stimme, die dem Gurren einer Taube glich, „aber die Partys beim Prinzen sind immer recht amüsant."

Die Gräfin ließ sich von Sandra die Tür aufhalten. Draußen auf dem Flur angelangt, sagte sie: „Ein aufdringliches Frauenzimmer! Sie verfolgt Willoughby seit Monaten mit großer Hartnäckigkeit. Jetzt, wo sie ihn endlich in ihren Klauen hat, wird sie ihn nicht so leicht wieder loslassen."

„Was ist mit dem Prinzen?" erkundigte sich Sandra.

Es kam ihr eigentlich nicht zu, solche Fragen zu stellen, aber die Neugier plagte sie zu sehr.

„Prinz Vladimir hat wie alle russischen Emigranten eine Liaison", erwiderte die Gräfin. „Wie ich hörte, genießt die berühmte Madame Casselli, die man die ‚Nachtigall von Covent Garden' nennt, seinen Schutz."

Sandra sah sie fassungslos an. Solche Skandalgeschichten über prominente Leute sog Isobel auf wie ein Schwamm, aber sie waren schockierender, wenn sie sich auf Menschen bezogen, die man kennengelernt hatte, fand Sandra.

Während sie an der Seite der Gräfin die Treppe hochging, sagte sie sich, daß der Graf einer verführerischen

Frau wie der Prinzessin kaum widerstehen konnte und sie zweifellos alles tun würde, um ihn einzufangen.

Irgendwie war ihr die Vorfreude auf das Galadiner im Marine-Pavillon durch diese Begegnung verdorben.

Nachdem die Gräfin in ihren Räumen verschwunden war, schoß ihr ein Gedanke durch den Kopf, und sie stellte sich in eine Nische im Flur und wartete.

Wenige Minuten später erschien die Prinzessin auf der Treppe und begab sich rasch in das ihr angewiesene Gästezimmer. Wenn sie ihre Sachen auspacken und ihre Toilette pünktlich beenden wollte, mußte sie sich beeilen.

Sobald sich die Tür hinter ihr geschlossen hatte, huschte Sandra nach unten in die Bibliothek, wo sie den Grafen mit einem Glas Champagner in der Hand antraf.

Ihr Erscheinen schien ihn zu überraschen, wie sein Blick und seine Haltung ihr verrieten.

„Darf ich Sie einen Augenblick sprechen, Mylord?“ fragte Sandra ein wenig atemlos.

„Was gibt's?“

„Da die Prinzessin nunmehr ebenfalls bei Seiner Königlichen Hoheit zu Gast sein wird, sollte ich . . . wäre es sicher schicklich, wenn ich zurücktrete.“

Der Graf sah sie nicht nur höchst erstaunt, sondern auch forschend an, als sei er sich über ihr Motiv nicht recht im klaren.

„Sicher ist Ihnen bewußt, daß es für jemanden in Ihrer Position eine hohe Auszeichnung ist, zum Dinner bei Seiner Königlichen Hoheit eingeladen zu sein.“

„Dessen bin ich mir bewußt.“

„Ich nahm an, Sie freuten sich darauf?“

„Natürlich habe ich mich darauf gefreut“, erwiderte Sandra stockend, „aber Seine Königliche Hoheit haben mich aus einer Laune heraus eingeladen, möglicherweise um Ihrer Großmutter einen Gefallen zu tun. Aber da ich mir meiner Stellung als Gesellschafterin voll bewußt bin, sollte ich unter den gegebenen Umständen vielleicht . . . zurückstehen."

„Ohne Bedauern und Trauer im Herzen?"

„Enttäuscht wäre ich schon", gestand Sandra freimütig, „aber ich möchte Ihre Güte und Freundlichkeit nicht übermäßig strapazieren."

Einen Augenblick war es still, und als sie dann insgeheim befürchtete, er werde ihr recht geben, entgegnete er: „Es steht mir nicht zu, die Verfügungen des Prinzen zu ändern oder einen Gast durch einen anderen zu ersetzen. Wenn er die Prinzessin nicht zu Gast haben möchte, kann er das offen bekunden. Mit Ihnen hat das nicht das geringste zu tun."

Sandra sah ihn mit großen Augen an.

„Sie meinen . . . ich darf mitkommen?"

„Natürlich. Schließlich werden Sie erwartet."

Sie stieß einen leisen Freudenschrei aus.

„Ich danke Ihnen. Ich wollte nur nichts falsch machen, aber natürlich möchte ich liebend gern am Dinner des Prinzen teilnehmen und mir seine Kostbarkeiten zeigen lassen."

„Besonders die chinesischen Porzellanfigürchen, wie?" fragte der Graf scherzend.

„Natürlich! Wer könnte einem so schmeichelhaften Vergleich durch den Kronprinzen widerstehen?"

Lachend stellte der Graf sein Glas ab.

„Da Sie außer dem chinesischen Porzellan heute abend eine Menge Konkurrenz haben werden, sollten Sie sich jetzt nach oben begeben und sich schön machen."

„Ich hoffe, Sie müssen sich meiner nicht schämen."

Sandra bedachte ihn mit einem strahlenden Lächeln, bevor sie aus dem Zimmer lief.

Oben angekommen, nahm sie rasch ein Bad und überließ es der Zofe, ein passendes Abendkleid auszusuchen.

„Ich habe zufällig gehört, daß die Prinzessin eine Robe

in ihrer Lieblingsfarbe Grün tragen wird“, sagte das tüchtige Mädchen. „Deshalb schlage ich vor, Sie wählen das weiße Kleid mit den aufgesteckten Veilchen, das bildet einen reizvollen Kontrast.“

Der Gedanke schoß Sandra durch den Kopf, daß sie wie dieses bescheidene Blümchen neben einer kostbaren Orchidee wirken würde. Dann schalt sie sich töricht, sich überhaupt mit der Prinzessin messen zu wollen. Mit einer so gebildeten, verführerischen und erfahrenen Frau konnte sie in keiner Weise konkurrieren. Sie würde sich im Hintergrund halten, wie es ihr zukam.

Trotzdem mußte sie zugeben, daß ihr das Kleid, das aus einem der teuersten Ateliers der Bond Street stammte, außerordentlich gut stand. Das raffinierte Dekolleté betonte ihre weißen Schultern. An den Puffärmeln waren einige Veilchen aufgenäht, ebenso am Saum des Kleides.

Was die Robe besonders kostbar machte, waren die kleinen Brillanten in jedem Veilchen, die wie Tautropfen glitzerten. Sie schmückten auch die breiten Satinbänder unter ihrem Busen, die auf dem Rücken gebunden waren und wie ein Wasserfall nach unten flossen.

„Sie sehen ganz entzückend aus, Miß, und das ist die reine Wahrheit!“ rief die Zofe begeistert aus.

In diesem Augenblick trat Miß Robinson ins Zimmer. „Mylady schickt mich, um nachzuschauen, ob ich Ihnen irgendwie helfen kann.“

„Wie freundlich von ihr!“ rief Sandra aus. „Bitte, liebe Miß Robinson, ordnen Sie mein Haar auf dem Hinterkopf. Das schaffe ich nicht allein.“

„Überlassen Sie das getrost mir“, sagte die Kammerzofe und ordnete mit geschickten Händen die langen Lokken, die vom Hinterkopf auf die Schultern flossen.

„Die ganze Welt ist verdreht, scheint mir“, sagte sie dabei. „Wenn Gesellschafterinnen jetzt schon vom Kronprinzen zum Dinner eingeladen werden, könnte ich demnächst sogar eine Einladung in den Buckingham-Palast erhalten."

Da Sandra wußte, daß es nicht boshaft gemeint war, lachte sie und sagte: „Das hätten Sie verdient. Allerdings dürfte es heute abend amüsanter werden."

„Lassen Sie sich anschauen", forderte Miß Robinson sie auf.

Gehorsam erhob sich Sandra und drehte sich einmal im Kreis.

„Kann ich mich sehen lassen?" fragte sie besorgt.

„Sie sehen so hübsch aus, daß Ihre Hoheit Sie in die Salzminen von Sibirien verbannen würde, stünde das in ihrer Macht."

Die Prinzessin hatte Sandra ganz vergessen. Dann sagte sie mehr zu sich selbst: „Sie ist sehr, sehr schön."

„Das meinen manche Leute", gab Miß Robinson verächtlich zurück. „Aber wie meine selige Mutter zu sagen pflegte: ‚Schöne Fassaden trügen'. Was sich dahinter verbirgt, bereitet mir Übelkeit."

Eine solche Bemerkung konnten nur Miß Robinson oder die Gräfin von sich geben, fand Sandra, aber sie bewirkte, daß sie ihre Nervosität ein wenig ablegte.

Als sie mit der Gräfin nach unten ging, wurden sie bereits von der Prinzessin erwartet. Sie ließ sich gerade in einen weiten Samtmantel mit Zobelbesatz helfen.

In der Kutsche nahm sie neben der Gräfin Platz, während der Graf und Sandra ihnen gegenüber saßen. Sandra fühlte sich mit finsterem Blick von der Prinzessin gemustert, als mißfiele ihr, was sie sah.

Als sie jedoch den Marine-Pavillon erreichten, machte Sandra sich keine Gedanken mehr um die Prinzessin, sondern freute sich auf das glänzende Fest, das ihr bevorstand.

Einem Reiseführer, den Sandra nach ihrer Ankunft in Brighton studiert hatte, hatte sie entnommen, daß der Palast des Kronprinzen in den vergangenen Jahren von einem begabten jungen Architekten umgebaut worden war. Er hatte äußerlich die klassische Strenge beseitigt, indem er die Statuen neben der Kuppel entfernen ließ und die Balkone mit grünen Markisen versah.

Außerdem hatte er zwei neue Räume anbauen lassen, einen ovalen Salon und einen festlichen Speisesaal. Sandra hatte auch gelesen, daß der Ausbau und die Renovierung des Pavillons Unsummen verschlungen hatten.

Die chinesische Sammlung, in großen Glasvitrinen untergebracht, nahm sie sofort gefangen. Kostbares Porzellan der verschiedensten Epochen war neben zierlichen Bambusmöbeln, Lackschränkchen und Waffen zu bewundern. Schmuckgegenstände aus Elfenbein, alte Uniformen und lebensgroße Figuren, die chinesische Fischer in fließenden Seidengewändern darstellten, zierten die Vitrinen.

Für einen englischen Palast war diese Sammlung so ungewöhnlich und wirkte so seltsam, daß es sie beinahe zum Lachen reizte. Sandra hatte große Mühe, den dem Anlaß angemessenen Ernst zu bewahren.

Dann wurde Sandra wie alle anderen Gäste von der Erscheinung des Prinzen gefesselt.

In seiner festlichen Abendgarderobe wirkte er imposant, und er hieß sie mit der gleichen Freundlichkeit und Heiterkeit willkommen wie die Prinzessin.

Sie begriff jetzt, weshalb jeder, der ihm einmal begegnet war, zu seinen Bewunderern zählte und sich der bissigen Kritik der Karikaturisten nicht anschließen mochte.

Es war eine große Abendgesellschaft, die auch den Marquis und die Marquise de Valmont und den Comte Jacques de Chabris einschloß.

Sobald er Sandra entdeckte, begab er sich an ihre Seite und flüsterte ihr Schmeicheleien und zweideutige Komplimente ins Ohr, die sie peinlich berührten.

Zu ihrer Erleichterung mußte sie an der Tafel nicht neben ihm sitzen, sondern wurde von älteren Gentlemen eingerahmt, deren Hauptinteresse den köstlichen Speisen und den erlesenen Weinen galt. Deshalb hatte sie genügend Muße, sich umzusehen.

Es kostete sie große Mühe, nicht ständig ans Kopfende der Tafel zu starren. Dort saß der Graf rechts neben Mrs. Fitzherbert, und neben ihm hatte die Prinzessin Platz genommen.

Mrs. Fitzherbert war viel attraktiver, als Sandra angenommen hatte, und obwohl sie keine auffallende Schönheit war, wirkte sie auf ihre Weise ebenso anziehend wie die Prinzessin.

Sie hatte wunderschönes Haar, einen klaren, zarten Teint und eine persönliche Ausstrahlung, die verriet, weshalb der Prinz ihr verfallen war.

Sie war anmutig und gleichbleibend freundlich zu jedermann, außerdem war sie eine aufmerksame, interessierte Zuhörerin.

Der Prinz behandelte sie wie eine verehrungswürdige Gemahlin. Als Gastgeberin war sie perfekt und kümmerte sich nach dem Dinner darum, daß jeder ihrer Gäste sich gut unterhielt und niemand abseits stand.

Der Graf fand wenig Gelegenheit, sich mit ihr zu unterhalten, denn er wurde von der Prinzessin völlig in Anspruch genommen.

Die Art, wie sie ihn anhimmelte, schmollend die Lippen schürzte und verführerisch die Schultern und den ganzen Körper bewegte, mutete Sandra wenig damenhaft und sehr provozierend an. Sie hatte das Gefühl, daß eine echte Lady sich nicht so benehmen würde.

Doch dann sagte sie sich, daß Männer, auch der Graf, so etwas mochten und es ihr nicht zukam, Kritik zu üben.

Gleichzeitig vermittelte ihr das ein Gefühl der Verlorenheit, so als stünde sie außerhalb des Geschehens, als beobachte sie ein prachtvolles Schauspiel auf einer Theaterbühne.

Sie war beinahe erleichtert, als pünktlich um Mitternacht das Orchester, das dezente Unterhaltungsmusik gespielt hatte, verstummte und die Tafel aufgehoben wurde. Die Gäste begaben sich in den Salon, und eine Dienerschar servierte Wein und Sandwich.

Mrs. Fitzherbert und drei ältere Gäste widmeten sich dem Kartenspiel, der Prinz ging von einem Gast zum anderen und unterhielt sich mit ihnen.

„Haben Sie sich gut amüsiert, Miß Wade?" erkundigte er sich, als er bei Sandra anlangte.

„Großartig, vielen Dank, Sir. Ich kann Eurer Königlichen Hoheit nicht genug für die Einladung danken."

„Ich möchte Ihnen mein neuestes chinesisches Gemälde zeigen", sagte er, „und Ihr Urteil darüber hören."

Sie durchquerten den Salon, und er wies auf ein längliches, kunstvoll gemaltes chinesisches Bild, das Sandra bereits aus der Ferne betrachtet hatte. Es zeigte schroffeFelsklippen und zu deren Füßen ein Blütenmeer, das den Veilchen auf ihrer Robe glich.

„Was sagt es für Sie aus?" fragte der Prinz.

Sandra dachte einen Augenblick nach, dann sagte sie leise:

„Bekanntlich pflegen die Chinesen das Jenseits künstlerisch darzustellen. Deshalb wird jeder Betrachter das Bild auf seine Weise interpretieren, gewissermaßen als Spiegel seiner Seele."

Während sie sprach, bemerkte sie, daß nicht nur der Prinz überrascht schien, sondern auch der Graf.

„Ihre Wahrnehmung ist sehr treffend, Miß Wade", sagte der Prinz. „Nur wenige Menschen haben die Intelligenz oder, besser gesagt, die Intuition, das zu erfassen, was der chinesische Künstler ausdrücken wollte."

„Ich finde Ihre Kunstschätze wunderschön", sagte Sandra, „und ich bin sicher, Sir, Menschen vermögen nicht auszudrücken, was sie ihnen sagen."

Wieder hatte sie den Eindruck, den Prinz in Erstaunen versetzt zu haben, dann sagte er: „Ich möchte Ihnen mehr davon zeigen, Miß Wade, wenn ich mich nicht so vielen Gästen widmen muß."

Damit begab er sich zu den de Valmonts, die sich verabschieden wollten. Der Graf wollte etwas sagen, doch Prinzessin Olga drängte sich dazwischen und hakte sich bei ihm ein.

„Ich habe dir viel aufregendere Schätze zu zeigen als diese hier, Willoughby!" sagte sie mit vor Sinnlichkeit bebender Stimme.

Peinlich berührt, ging Sandra weiter. Sofort war der Comte an ihrer Seite.

„Wann darf ich Sie wiedersehen, Miß Wade?" fragte er drängend. „Sie weichen mir schon den ganzen Abend aus und haben mir keine Gelegenheit gegeben, Ihre hinreißende Schönheit zu preisen."

„Ich muß mich um die Gräfin kümmern, Monsieur." Damit wollte sie ihm klarmachen, daß sie für ihre Dienste bezahlt wurde.

Die Franzosen galten allgemein als so dünkelhaft, daß er ihr vielleicht nicht mehr nachstellen würde, wenn ihm bewußt wurde, daß sie eine dienende Stellung einnahm, die sich mit seinem Rang nicht vertrug.

Statt dessen lachte er leise und sagte: „Ich bete Sie wegen Ihrer Zurückhaltung und Bescheidenheit an. Das reizt mich nur noch mehr, Sie zu erobern."

„Ich . . . verstehe nicht, was Sie damit meinen."

„Das werde ich Ihnen ausführlich erklären. Deshalb wiederhole ich meine Frage: Wann kann ich Sie allein sprechen?"

„Ich . . . habe keine Ahnung."

In diesem Augenblick erhob sich die Gräfin von dem

Sofa, wo sie sich mit einem älteren Diplomaten unterhalten hatte.

„Ich muß jetzt gehen", sagte Sandra hastig. *„Bon soir, Monsieur."*

*„Au revoir, Mademoiselle!"* sagte der Comte bedeutungsvoll.

„War das ein langweiliger Abend!" klagte die Prinzessin, die auf der Rückfahrt neben dem Grafen saß. „Wenn du nicht gewesen wärst, liebster, bester, charmanter Willoughby, hätte ich diese Gesellschaft nicht ertragen. Ich kann einfach nicht verstehen, weshalb Mrs. Fitzherbert diese schrecklichen Emigranten derart hofiert."

„Es sind Verwandte von ihr, die ihr leid tun", bemerkte die Gräfin. „Dieser Neuzugang, Comte Jacques So-und-so, erzählte mir doch tatsächlich, er sei mit einem Schmugglerboot nach England gekommen."

„Das ist der einfachste Fluchtweg", bemerkte der Graf. „Den Schmugglern ist es gleichgültig, ob sie Ware befördern oder Menschen. Hauptsache, es macht sich bezahlt."

„Vermutlich denken einige Frauen ähnlich", entgegnete die Prinzessin, „wie selbst der großzügigste Mann der Welt erkannt haben dürfte."

Dabei strich sie über das Smaragdcollier um ihren Hals, und Sandra wurde blitzartig klar, daß es sich offensichtlich um ein Geschenk des Grafen handelte.

Weil sie nicht darüber nachdenken mochte, wandte sie den Kopf ab und blickte auf die Lichter der Promenade.

Im Haus angelangt, geleitete sie die Gräfin in ihre Räume und übergab sie dort der Obhut von Miß Robinson.

Ihr entging nicht, daß die Prinzessin im Salon verschwand und der Graf ihr folgte.

Das leise Klicken des Türschlosses ließ sie leicht zusammenzucken. Sie kam sich ausgesetzt vor wie ein kleines Kind, das man in der Kälte stehengelassen hatte. Ihr war plötzlich schrecklich kalt und elend zumute.

Unruhig wälzte sich Sandra in ihrem Bett hin und her und fand erst gegen Morgen etwas Schlaf.

Sie mußte ständig an die Prinzessin und den Grafen denken, die sich jetzt sicher liebten und ihrer Leidenschaft frönten.

Was das bedeutete, war ihr selbst nicht recht klar, aber er würde sie küssen, und die Prinzessin würde ihm Schmeicheleien ins Ohr hauchen und ihren verführerischen Körper an ihn pressen, um sein Begehren zu wekken.

Sie konnte schon verstehen, daß der Graf diese Frau unwiderstehlich fand, und doch empfand sie es als unschicklich, daß er als verheirateter Mann, den seine Frau zwar verlassen hatte, der jedoch nicht frei war, eine Beziehung mit einer anderen einging, deren Gatte morgen in Brighton erwartet wurde.

Während ihr diese Gedanken durch den Kopf gingen, wurde ihr bewußt, daß Isobel höhnische Bemerkungen darüber gemacht hätte, weil sie von der sogenannten vornehmen Gesellschaft etwas anderes erwartet hatte.

In ihren Augen war der Graf eine so überragende, überlegene Persönlichkeit, daß sie es als seiner unwürdig empfand, eine Liebesbeziehung zu einer verheirateten Frau zu unterhalten, schlimmer noch, deren plumpen Annäherungsversuchen nicht widerstehen zu können.

Plötzlich sehnte Sandra sich nach dem Frieden und der Ruhe zurück, wie sie in der Priorei geherrscht hatte, bevor ihr Vater das zweitemal geheiratet hatte.

Sie mochten arm gewesen sein und weder über elegante Garderobe verfügt noch amüsante Leute um sich geschart haben, aber die heitere Gelassenheit, das stille

Glück, das ihren Alltag bestimmt hatte, war tausendmal mehr wert als die Champagnerpartys und die verbotenenen Liebesaffären der Prinzessin.

„Warum hast du mich verlassen, Mama?“ flüsterte Sandra in die Dunkelheit. „Wie gern möchte ich jetzt zu dir flüchten und mich von dir trösten lassen.“

Wie ein Kind, das sich weh getan hat, wollte sie sich in die Arme ihrer Mutter kuscheln und sich trösten lassen.

Da sie nicht mehr schlafen konnte und außerdem sicher war, daß der Graf sie am Morgen ganz gewiß nicht zu einem Ausritt einladen würde, sondern vermutlich die Begleitung der Prinzessin vorzog, stand sie auf und kleidete sich an.

Es war kurz vor Tagesanbruch, und sie würde keinem Menschen begegnen. Sie wollte den frischen Seewind auf der Haut spüren und dem Rauschen der Wellen am Ufer lauschen.

Sie hüllte sich in einen warmen Mantel und band sich ein Chiffontuch um. Leise öffnete sie ihre Schlafzimmertür und huschte hinaus auf den Gang.

Der wachhabende Diener schlief fest in einem Polsterstuhl in der Halle.

Ganz behutsam, um ihn nicht zu wecken, schob Sandra den Türriegel zurück, drehte den Schlüssel im Schloß um und schlüpfte nach draußen. Geräuschlos zog sie die Tür hinter sich zu.

Dann fühlte sie sich frei und gelöst. Die Sonne ging gerade auf und schickte ihre wärmenden Strahlen auf die Erde. Beschwingt lief Sandra an den Rand der Promenade und atmete die frische Seeluft tief ein.

Flut kam auf und warf hohe Wellen gegen den steinigen Strand. Um vom Haus aus nicht gesehen zu werden, kletterte Sandra über die Steine ans Wasser hinunter und lehnte sich an einen Felsen, der ihr Schutz vor Wind und Wellen bot.

Kreischende Seemöwen zogen über ihr ihre Kreise und übertönten das Rauschen der Brandung.

Die Sonne stieg allmählich höher und durchdrang mit ihren Strahlen den Morgendunst.

Es war so wunderschön und so friedlich, daß Sandra in ihre Phantasiewelt entführt wurde, die sie sich geschaffen hatte, seit sie denken konnte.

In den Geschichten, die sie erfand, gab es immer ein glückliches Ende, und sie tat das, womit sie die Gräfin getröstet hatte: Sie betete darum, daß dem Grafen Glück beschieden sein möge.

Sie war so in Gedanken versunken, daß sie die Stimmen über sich zunächst gar nicht wahrnahm. Doch sie waren so deutlich zu hören, daß sie unwillkürlich lauschte.

„Ich bin müde und möchte ins Bett!“ hörte sie eine männliche Stimme. „Aber ich muß dich unbedingt sprechen, Henri!“

Erst als Sandra sich vom ersten Schrecken erholt hatte, wurde ihr bewußt, daß der Mann Französisch sprach und daß sie die Stimme kannte.

„Es ist besser, wenn man uns nicht zusammen sieht“, erwiderte der andere Mann. „Im übrigen sollten wir so rasch wie möglich mit der Arbeit beginnen, Jacques. Schließlich ist Kyle bereits da, und Ludlow wird morgen eintreffen.“

Sandra zuckte zusammen, als sie den Namen des Grafen vernahm. Sie wußte jetzt, daß einer der Sprecher der Comte Jacques de Chabris war.

„Ich bin sicher, daß Kyle sich zur Kasse bitten läßt“, ließ der Franzose sich jetzt vernehmen, „und zwar kräftig. Bei Ludlow bin ich mir nicht so sicher. Er ist zwar stinkreich, aber auch mächtig durchtrieben.“

„Den überzeuge ich schon!“ erwiderte sein Gesprächspartner, den er Henri genannt hatte. „Immerhin haben wir die Liste.“

„Ja, natürlich!“

„Du hast sie hoffentlich an einem sicheren Ort aufbewahrt? Wenn jemand sie zu Gesicht bekäme, wäre das eine Katastrophe.“

„Das brauchst du mir doch nicht zu erzählen!“ entgegnete Comte Jacques. „Sobald wir unsere Hühnchen gerupft haben, verschwinden wir mit dem Geld nach Frankreich. Später holen wir uns dann mehr.“

Henri lachte, und es klang nicht sonderlich angenehm.

„Zum Teufel mit all diesen aufgeblasenen Aristokraten und ihrem Reichtum!“ giftete er. „Wir haben in der Revolution alles verloren und holen uns von ihnen zurück, was uns zusteht!“

„Bin völlig deiner Meinung“, erwiderte der Comte höhnisch. „Ich hasse die Engländer, habe sie immer schon gehaßt, und im übrigen kannst du Gift darauf nehmen, daß Bonaparte uns reich belohnen wird, wenn wir ihm unsere Informationen zuspielen.“

Ich beabsichtige erst dann nach Frankreich zurückzukehren, wenn meine Taschen prall mit Goldmünzen gefüllt sind“, betonte Henri. „Vergiß nicht, daß wir noch ein Dutzend Namen auf unserer Liste haben.“

„Wie könnte ich das vergessen. Und da wird keiner ausgelassen!“ Der Comte gähnte laut und vernehmlich. „Ich muß jetzt ins Bett. Wir nehmen erst wieder Kontakt zueinander auf, wenn wir mit der Beute das Land verlassen wollen.“

„In Ordnung!“ erwiderte Henri. *„Bonne chance, mon ami!“*

Sandra hörte, wie sich die Schritte der Männer entfernten. Sie merkte erst jetzt, daß sie die ganze Zeit den Atem angehalten hatte, und rang keuchend nach Luft.

Sie konnte sich keinen Reim auf das Gespräch machen, außer daß die beiden Franzosen offenbar die Absicht hatten, den Grafen um eine große Summe Geldes zu erleichtern. Es mußte irgendwie mit seiner verschwundenen Frau zusammenhängen.

Außerdem hatten die beiden Schurken die Absicht, Lord Ludlow zu erpressen.

Sie wußte, daß er ein reicher Gestütsbesitzer war und mindestens ebenso vermögend sein mußte wie der Graf. Ihr Vater hatte seinen Namen des öfteren erwähnt.

Und diese beiden Franzosen hatten die Absicht, sie „zu rupfen“, wie sie es zynisch genannt hatten.

Ich muß den Grafen warnen, dachte sie, doch dann kamen ihr Bedenken, daß er ihr möglicherweise nicht glauben würde.

Sie erinnerte sich, daß mehrmals von einer Liste die Rede gewesen war.

Gelänge es ihr, sie in ihren Besitz zu bringen, wäre das womöglich ein sicheres Beweismittel, das jeden überzeugen würde.

Womit wollte der Comte den Grafen erpressen? fragte sie sich und fürchtete plötzlich, daß er den Grafen damit ruinieren könnte, wenn die Öffentlichkeit davon erfuhr.

Vielleicht bezog es sich gar nicht auf seine Frau, sondern auf irgend etwas, das er in Frankreich getan hatte. Womöglich würde es einen Skandal auslösen, der seine Stellung in der Gesellschaft und sein hohes Ansehen gefährden würde!

Plötzlich hatte Sandra das dringende Bedürfnis, ihn zu beschützen, zu verhindern, daß diese beiden französischen Schurken ihn ins Unglück stürzten.

Der Gedanke, daß die alte Gräfin, die so freundlich zu ihr war, erleben mußte, wie ihr geliebter Enkelsohn entehrt wurde, war ihr unerträglich, ebenso die Befürchtung, daß er durch einen solchen Skandal noch unglücklicher sein würde, als er es durch das Verschwinden seiner Frau ohnehin schon war.

Was soll ich nur tun? fragte sie sich verzweifelt.

Lange saß sie an den Felsen gelehnt am Meer und war bemüht, ihre Gedanken zu ordnen. Schließlich kehrte sie zum Kyle House zurück, bevor die Promenade sich belebte und sie Aufsehen erregte, weil sie allein unterwegs war.

# 6

In ihrem Schlafzimmer angelangt, nahm sie gedankenverloren das Chiffontuch ab und konnte immer noch nicht glauben, daß das, was sie gehört hatte, rauhe Wirklichkeit war. Gleichzeitig nahm ihre Sorge um die Sicherheit des Grafen beängstigende Ausmaße an, und sie sann krampfhaft nach einem Ausweg und einer Möglichkeit, ihm bewußt zu machen, welche Gefahr der Comte für ihn bedeutete.

Sie hatte das deutliche Gefühl, daß dieser Mensch sogar viel gefährlicher war, als seine Worte verraten hatten.

Seit der Revolution, und trotz der Tatsache, daß die Engländer in ihrer gewohnten Lässigkeit den Haß gegen die Franzosen begraben hatten und den Frieden genossen, war sie von tiefem Mißtrauen gegen die ehemaligen Feinde erfüllt.

Ihr Großvater hatte prophezeit, daß der Waffenstillstand nicht von Dauer sein werde. Wie recht er gehabt hatte! England befand sich erneut im Krieg gegen Frankreich und diesen machtgierigen Napoleon Bonaparte.

Das erste, was Bonaparte veranlaßt hatte, war die Internierung aller englischen Touristen, die sich bei Kriegsausbruch noch in Frankreich befanden. So unglaublich es klingen mochte, die Zeitungen berichteten davon, daß es sich um Zehntausende handelte.

Der Gedanke, als Gefangener in einem fremden Land festgehalten zu werden, mit dem England Krieg führte, war für Sandra ein Greuel.

Nur zu deutlich erinnerte sie sich der Geschichten, die

sie über die Brutalität und Grausamkeit der Franzosen gehört und gelesen hatte, mit der sie nicht nur gegen widerspenstige Landsleute, sondern vor allem gegen ihre Feinde vorgingen.

Panische Angst befiel sie, daß der Comte dem Grafen ein Leid zufügen könnte, falls dieser sich weigerte, die geforderte Summe zu bezahlen.

Diese Möglichkeit erfüllte sie mit einem lähmenden Entsetzen. Plötzlich erkannte sie, weshalb sie so heftig reagierte: Sie liebte den Grafen!

Zunächst erfüllte sie diese Erkenntnis mit ungläubigem Staunen, doch dann erkannte sie, daß sie ihn schon geliebt hatte, bevor seine Großmutter seine Tapferkeit gerühmt hatte und damit offensichtlich wurde, daß Sandra ihn bis dahin falsch eingeschätzt hatte.

Für sie verkörperte er alles, was einen ganzen Mann ausmachte, er war überlegen, gewohnt, Befehle zu erteilen, aber auch mitfühlend, tapfer und nicht nur um sich, sondern auch um andere besorgt.

„Ich muß ihn retten!"

Dann machte sie sich lustig über diese Anmaßung.

Wie könnte sie den Grafen retten? Aber sie mußte ihn zumindest vor der Gefahr warnen und dafür sorgen, daß er auf der Hut war.

Dennoch wurde sie das unangenehme Gefühl nicht los, er könnte sie vielleicht auslachen und, was sie als besonders demütigend empfunden hätte, sie für aufdringlich halten, um seine Gunst zu erringen.

Nach allem, was die Gräfin ihr erzählt hatte, versuchten das die meisten Frauen seiner Umgebung.

Sandra drängte sich ein Bild auf, das sie quälte. Sie sah die Prinzessin mit ihren halbgeöffneten, lockenden Lippen vor sich, ihren herausfordernden Gang und die zärtlichen Bewegungen ihrer juwelengeschmückten Hände, die ihn bei jeder sich bietenden Gelegenheit berührten.

Allein der Gedanke an die Prinzessin schmerzte sie, als bohrten sich tausend Dolche in ihr Herz.

Dann gab Sandra sich einen Ruck und schalt sich töricht. Sie würde dem Grafen niemals auch nur das geringste bedeuten und tat gut daran, ihre Gefühle für ihn zu unterdrücken und Vernunft anzunehmen.

Er war ein verheirateter Mann und unterhielt mit einer anderen Frau, die ebenfalls verheiratet war, eine Liebesbeziehung.

Außerdem würde er es als anmaßend empfinden, wenn die bezahlte Gesellschafterin seiner Großmutter sich Gedanken um ihn machte.

Ich sollte schleunigst von hier verschwinden, sagte sie sich, aber sie wußte, daß es ihr das Herz brechen würde, müßte sie jetzt diese zauberhafte Umgebung verlassen.

Ein leises Geräusch hinter ihr riß sie aus ihren Gedanken.

Sie fuhr herum und gewahrte ein Stück Papier, das jemand unter ihrer Tür durchgeschoben hatte.

Rasch lief sie hin und hob es auf. Die wenigen Worte, die darauf standen, jagten ihr einen freudigen Schrecken ein.

„Wir treffen uns in zehn Minuten im Stall“, hieß es da.

Die Nachricht trug keine Unterschrift, aber die energische klare Schrift verriet ihr, daß sie von dem Mann stammte, um den ihre Gedanken soeben gekreist waren.

Sie schlüpfte hastig aus ihrem Kleid, zog das Reitkostüm an und steckte das Haar ordentlich auf.

In zehn Minuten war sie fertig und rannte über die Hintertreppe zu den Stallungen. Dabei fiel ihr auf, daß im Haus und im Dienstbotenflügel noch immer alles ruhig war.

Die Tür zum Hof stand offen. Sie rannte ins Freie und hielt im Laufschritt auf die Stallgebäude hinter dem Haus zu.

Hier herrschte bereits rege Tätigkeit. Stallburschen eilten geschäftig über das Kopfsteinpflaster und verschwanden im Stall; alles deutete darauf hin, daß der Graf bereits anwesend war.

Im gleichen Augenblick, als sie an ihn dachte, erschien er unter der Stalltür, gefolgt von einem Pferdeknecht, der den schwarzen Hengst am Zügel führte.

Als Sandra ein wenig außer Atem auf ihn zulief, sagte er: „Für eine Frau sind Sie sehr pünktlich." Er sagte das in dem üblichen trockenen Ton, und Sandra begrüßte ihn mit einem strahlenden Lächeln.

„Danke . . . vielen Dank, daß ich wieder mit Ihnen ausreiten darf! Ich fürchtete schon, es würde sich nicht wiederholen."

Der Graf antwortete nicht, sondern wandte sich nur dem zweiten Stallburschen zu, der den Braunen herausführte. Er hob Sandra in den Sattel, bestieg dann den Hengst und ritt voraus, ohne sich zu vergewissern, daß sie ihm folgte. Das ärgerte sie ein bißchen. Doch sogleich schalt sie sich deswegen albern.

Sie schlugen die gleiche Richtung ein wie beim ersten Ausritt, und als sie die Ebene erreichten, gaben sie ihren Pferden die Zügel frei und galoppierten nebeneinander her durch die frische Morgenluft, die alle trüben Gedanken, die Sandra gequält hatten, hinwegfegte.

Verstohlen blickte sie auf den Grafen und konnte sich keinen eleganteren Reiter vorstellen als ihn. Kein Wunder, daß es dummen Gänsen wie ihr unmöglich war, sich nicht in ihn zu verlieben.

Im Augenblick mochte sie aber nicht an die Hoffnungslosigkeit ihrer Liebe denken, sondern genoß es, an seiner Seite dahinzugaloppieren.

Erst jetzt fiel ihr auf, daß der Graf die Richtung geändert hatte und landeinwärts ritt. Nach etwa einer Meile tauchte hinter einer Senke ein kleines Bauernhaus auf.

Erst jetzt richtete der Graf das Wort an sie.

„Ich dachte, Sie wären vielleicht hungrig und wir könnten zusammen frühstücken", sagte er.

Sandra sah ihn mit glänzenden Augen an. „Frühstükken?" wiederholte sie. „Klingt herrlich!"

Er lächelte, sagte aber nichts, sondern ritt voraus. Sandra, die auf dem Land aufgewachsen war, erkannte, daß es sich um eine Schaffarm handelte.

Auf den Weiden hinter dem Haus hütete ein Junge eine große Schafherde.

Der Graf ritt in den Hof und wurde von einem Mann respektvoll begrüßt.

„Guten Morgen, Sir", sagte er in breitem Sussex-Dialekt und zog die Mütze.

„Guten Morgen", erwiderte der Graf freundlich. „Würden Sie unsere Pferde in den Stall bringen, während wir bei Mrs. Harman ein Frühstück einnehmen?"

Dabei stieg er vom Pferd, überließ dem Farmer die Zügel und hob Sandra aus dem Sattel.

Wieder lösten seine Berührung und seine Nähe ein eigenartiges Gefühl in ihr aus. Sie konnte nicht verhindern, daß sie errötete, und wandte sich hastig ab.

Bevor sie die Haustür des Bauernhauses erreichten, kam eine rundliche Frau mittleren Alters mit rundem, strahlendem Gesicht und einer makellos weißen Schürze über dem bunten Baumwollkleid auf sie zugelaufen.

„Mylord! Als ich hörte, daß Sie in Brighton eingetroffen sind, hoffte ich, daß Sie uns die Ehre geben würden!"

„Und ich freue mich schon die ganze Zeit auf Ihr köstliches Frühstück, Mrs. Harman", erwiderte der Graf. „Ich habe eine Dame mitgebracht, die ebenfalls sehr hungrig ist."

„Willkommen, Miß, herzlich willkommen! Treten Sie ein. Ein Glück, daß ich gestern noch gebacken habe!"

Sie führte ihre Gäste ins Besucherzimmer. An einem

Erkerfenster stand ein weißgedeckter Tisch. Sobald die beiden Platz genommen hatten, eilte die Bauersfrau geschäftig in die Küche, um das Frühstück zu holen.

„Es ist ziemlich warm, finde ich“, stellte der Graf fest. „Legen Sie ruhig Hut und Jacke ab.“

„Sehr gern“, erwiderte Sandra ein wenig befangen.

Sie zog die kurze Reitjacke aus und war froh, daß die weiße Musselinbluse mit dem Spitzenjabot, die sie darunter trug, sehr kleidsam war.

Über dem Kamin hing ein Spiegel. Nachdem sie den Hut abgenommen hatte, prüfte sie ihre Frisur. Bis auf ein paar Locken über der Stirn hätte selbst ihr Vater nichts dagegen einzuwenden gehabt.

Als sie sich vom Spiegel abwandte, hatte sich der Graf bereits an den Tisch gesetzt und schaute ihr zu.

Sie nahm ebenfalls Platz und fragte: „Woher wußten Sie, daß ich wach war?“

„Ich sah Sie ins Haus gehen.“

„Sie haben mich gesehen?“ rief Sandra verblüfft.

„Ich kam gerade zurück.“

Sie sah ihn erstaunt an, und er fügte erklärend hinzu: „Ich wollte gerade zu Bett gehen, beschloß dann aber, lieber auszureiten.“

„Sie . . . Sie waren die ganze Nacht auf?“ stammelte sie, aber ihr Herz klopfte freudig.

Also hatte der Graf kein Schäferstündchen mit der Prinzessin gehabt, jubelte es in ihr.

„Falls es Sie interessiert“, fuhr er fort, „ich habe gespielt. In Brighton gibt es einen Club mit so hohen Einsätzen, daß einige Spieler schon ein Vermögen verspielt haben.“

„Und . . . da sind Sie die ganze Nacht gewesen?“ fragte Sandra leise.

„Ich versichere Ihnen, daß ich nicht allein war“, sagte er. „Mehrere Gäste Seiner Königlichen Hoheit waren dort, einschließlich Ihres glühenden Verehrers, des Comte."

Sandra hielt den Atem an. Das erklärte, daß der Comte so früh aufgewesen war und sich mit seinem Freund Henri getroffen hatte. Aber das war jetzt nicht wichtig.

Was die Sonne noch strahlender und ihre ganze Stimmung noch heiterer machte, war die Tatsache, daß sie sich getäuscht hatte; der Graf war den Verführungskünsten der Prinzessin nicht erlegen.

Während sie wach in ihrem Bett gelegen und sich quälenden Gedanken hingegeben hatte, daß er sich in zärtlicher Umarmung mit dieser Frau befinden könnte, hatte er die Nacht offensichtlich in Männergesellschaft verbracht.

Der Graf hatte sie die ganze Zeit über forschend angesehen und sagte jetzt: „Nachdem ich Sie über meine nächtlichen Aktivitäten aufgeklärt habe, möchte ich gern wissen, weshalb Sie schon so früh auf waren."

„Darauf gibt es eine einfache Antwort", erwiderte Sandra. „Ich konnte nicht schlafen und ging deshalb zum Strand hinunter, um mir den Seewind um die Nase wehen zu lassen."

Sie überlegte, ob sie die Gelegenheit nutzen und ihm berichten sollte, was sie gehört hatte, da trat Mrs. Harman mit einer großen Kaffeekanne in den kleinen Raum und erklärte eifrig, daß sie die teure Sorte extra für Seine Lordschaft reserviert habe.

„Ich weiß die Ehre zu schätzen", sagte der Graf lächelnd.

Es gab selbstgebackenes, noch ofenwarmes Brot, goldgelbe Jersey-Butter und eine Platte mit gebratenem Speck und Spiegeleiern.

„Wir haben auch noch frischgeräucherten Schinken", sagte die Bauersfrau, „und ich wäre sehr gekränkt, wenn Seine Lordschaft ihn verschmähen würden!"

„Ich werde ihn ganz gewiß nicht verschmähen", versicherte der Graf. „Ich bin so hungrig, daß ich mich von Ihnen mästen lassen werde wie einen Ihrer preisgekrönten Hammel!"

Mrs. Harman lachte. „Jetzt machen Sie aber Witze. Sie setzen nie Fett an wie Seine Königliche Hoheit. Wenn er sich mehr dem Reitsport widmen würde wie Sie, Mylord, und nicht immer nur mit dieser Frau spazierenführe, mit der er eine Liebschaft haben soll, wäre er auch so schlank!" Bevor der Graf sich dazu äußern konnte, sagte sie verlegen: „Aber so etwas sollte ich nicht erwähnen. Das kommt davon, wenn man ein so loses Mundwerk hat."

Als sie gegangen war, wandte der Graf sich lachend an Sandra. „Wie Sie sehen, ist der Klatsch sogar bis aufs Land gedrungen."

„Ich fand Mrs. Fitzherbert sehr charmant und gastfreundlich", sagte Sandra, „aber einfache Leute auf dem Lande schockiert es wohl, daß er mehr Zeit mit ihr verbringt als mit seiner Gemahlin."

„Schockiert Sie das auch?" fragte der Graf.

Sandra zögerte mit der Antwort. Schließlich war der Graf selbst verheiratet und hatte nach Aussage der alten Gräfin in seinem Leben viele andere Frauen gehabt.

„Ich bin auch nur eine Landpomeranze", erwiderte sie ausweichend, „und meine Meinung ist völlig unwichtig."

„Mit anderen Worten, es schockiert Sie schon", stellte der Graf ruhig fest.

Weil sie spürte, daß ihr verlegene Röte in die Wangen stieg, lenkte sie hastig ab: „Darf ich Ihnen noch etwas Kaffee einschenken?" Sie schwiegen beide, während sie seine Tasse füllte.

Schließlich schob der Graf seinen Teller zurück und sagte: „Ich möchte mit Ihnen reden, Sandra."

Es war das erste Mal, daß er sie beim Vornamen

nannte, aber seine Stimme klang so ernst, daß sie innerlich erstarrte und auf eine unangenehme Eröffnung gefaßt war.

„Sehen Sie mich an!“

Gehorsam wandte sie den Kopf, und ihr Herz begann stürmisch zu klopfen, als sich ihre Blicke trafen.

„Ich möchte, daß Sie mir ganz ehrlich eine Frage beantworten“, fuhr der Graf langsam fort. „Haben Sie jemals einen Ehemann oder einen Liebhaber gehabt? Mit anderen Worten, hat Sie jemals ein Mann besessen?“

Das traf sie so unvorbereitet, daß Sandra ihn sekundenlang nur wie betäubt anstarren konnte. Sie mußte sich verhört haben. Dann wurde ihr ganz allmählich die Ungeheuerlichkeit seiner Unterstellung bewußt, und sie sagte empört: „Wie . . . wie können Sie mich so etwas fragen? Natürlich nicht!“

Sie mußte daran denken, wie Isobel sich über diese Leute ausgelassen hatte, die ihr Ehegelübde brachen, und über die Männer, die sich eine Geliebte nach der anderen hielten.

Weil sie den Eindruck hatte, der Graf reihe auch sie in diese Kategorie ein, sagte sie mit bebender Stimme:

„Sie . . . Sie haben kein Recht, mir eine solche Frage zu stellen! Das ist eine Beleidigung. Ich könnte niemals etwas so Schlimmes und Verworfenes tun!“

Es schoß ihr durch den Kopf, daß sie dabei auch ihn beschuldigte, aber das war ihr im Moment gleichgültig. Sie fühlte sich gedemütigt, weil er sie mit Dingen in Zusammenhang brachte, die sie aus tiefster Seele verabscheute und die auch ihre Mutter mit Entsetzen erfüllt hätten.

Als sie geendet hatte, trat Stille ein. Dann sagte der Graf: „Ich habe keine andere Antwort von Ihnen erwartet.“

„Aber . . . warum haben Sie mich dann überhaupt gefragt.“

„Weil die Ungewißheit über die Herkunft Ihrer teuren Garderobe mich lange genug gemartert hat“, gab er zurück. „Woher, so fragte ich mich die ganze Zeit, hat sie die schönen Kleider, wenn sie sich doch ihren Unterhalt selbst verdienen muß.“

„Aber das rechtfertigt doch nicht . . .“, begann Sandra, wurde aber vom Grafen unterbrochen.

„Was hätte ich denn annehmen sollen? Ich mußte doch den Verdacht haben, daß diese Kleider entweder von einem Liebhaber stammten, der dich abgeschoben hat, oder von deinem Ehemann, dem du aus irgendwelchen Gründen davongelaufen bist.“

Dieser Verdacht hatte etwas für sich, und Sandras Empörung verebbte ein wenig.

„Es stimmt beides nicht!“

„Vermutlich ahnte ich das von Anfang an“, murmelte der Graf vor sich hin, „aber damit ist es mir unmöglich, dir den Vorschlag zu machen, dessentwegen ich mit dir hierher geritten bin.“

„Sie wollten mir einen Vorschlag machen?“ fragte Sandra benommen.

„Vermutlich wirst du erraten, worum es sich handelt.“ Seine Stimme klang so merkwürdig, daß Sandra ihn fragend ansah, bevor sie erwiderte: „Ich habe wirklich keine Ahnung!“

Er lachte trocken, bevor er sagte: „Oh, mein Liebling, du bist so herrlich jung und unschuldig! Und im Grunde meines Herzens habe ich nie daran gezweifelt, daß dein Aussehen trügt.“

Sandra hielt erregt den Atem an. Seine Worte verwirrten und erschreckten sie, gleichzeitig klangen sie ihr jedoch wie Musik in den Ohren und schienen die Luft mit ihrem himmlischen Klang zu erfüllen.

„Was . . . was wollen Sie damit sagen?“ flüsterte sie kaum hörbar.

„Ich will damit sagen, daß ich dich liebe", erklärte der Graf mit Nachdruck.

„Das . . . das kann doch nicht wahr sein!"

„Es ist die reine Wahrheit", bekräftigte er, „und es überrascht mich mindestens ebenso wie dich." Seine Stimme klang bewegt, als er fortfuhr: „Nicht in meinen wildesten Träumen hätte ich mir ausmalen können, daß ich mich jemals so unsterblich verlieben könnte, daß eine Frau solche Gefühle in mir zu wecken imstande wäre wie du. Ich komme nicht dagegen an und kann meine Gefühle für dich nicht zügeln."

Sandra faltete die Hände.

„Du . . . du liebst mich wirklich?" Ihre Stimme klang fremd, wie aus einer anderen Welt.

Statt einer Antwort griff der Graf nach ihrer Hand. Als seine Finger sie umschlossen, war ihr, als strebe sie ihm mit jeder Faser ihres Körpers zu. Auf seltsame, unerklärliche Weise schienen sie von einer ungeheuren Kraft miteinander verbunden zu sein.

„Ich liebe dich!" hörte sie den Grafen wieder sagen. „Und jetzt verrate mir, welche Gefühle du für mich hegst!"

„Ich . . . ich liebe dich!" flüsterte Sandra. „Ich . . . habe nicht gewußt, daß ein Mann so wunderbar sein kann."

„Mein geliebtes Wesen!" sagte der Graf weich.

Der Griff seiner Hand verstärkte sich, daß es schmerzte, dann sagte er: „Du weißt, daß ich dir nichts bieten kann?" Er bemerkte ihren fragenden Blick und fügte hinzu: „Du mußt doch ahnen, welchen Vorschlag ich dir machen wollte, als ich dich hierherführte. Ich begehrte dich vom ersten Augenblick an. Noch nie ist mir ein so anmutiges Wesen begegnet."

„Vom ersten Augenblick an?"

Der Graf lächelte vor sich hin, als verspotte er sich

selbst. „Ich dachte, es wäre kinderleicht“, gestand er. „Du brauchtest offenbar Geld, und ich hätte dich viel glücklicher machen können, als du es als Gesellschafterin einer launischen alten Dame sein kannst.“

Es dauerte eine Weile, bis Sandra die Bedeutung seiner Worte begriff, dann spürte er, wie ihre Hand zuckte und sich von seinem Griff zu befreien suchte.

„Wie konntest du annehmen, daß ich . . . ein solches Angebot annehmen würde?“

„Ich weiß jetzt, daß es eine absurde Idee war“, gestand der Graf, „aber du wirst von meiner Großmutter wissen, daß ich verheiratet bin.“

„Es tut mir sehr . . . sehr leid, aber sicher gibt es irgendeinen Weg, um . . . um dir deine Freiheit wiederzugeben.“

Der Graf gab ihre Hand frei und erwiderte dann in bitterem Ton: „Mein größter Fehler war, daß ich nicht nach Frankreich gereist bin, als es möglich war, und meine Frau nicht aufgesucht habe, um sie zur Rückkehr oder zu einer Scheidung zu überreden.“ Er lachte, aber es klang bitter. „Aber ich war zu stolz, einer Frau nachzulaufen, und jetzt, wo ich dich gefunden habe, ist es zu spät.“

„Das . . . das tut mir leid!“ sagte Sandra unglücklich.

„Ich sagte mir“, fuhr der Graf fort, „daß ich ohnehin nie wieder heiraten würde und es deshalb unwichtig sei, ob ich gebunden bin oder nicht. Ich wollte mich mit den schönen Frauen amüsieren, von denen es genügend gibt, und wenn ich sterben sollte, ohne einen Erben zu hinterlassen, dann würde eben irgendein anderer aus der Verwandtschaft den Titel erben.“ Er hielt inne und ergänzte dann: „Da tratest du in mein Leben.“

Er stieß heftig seinen Stuhl zurück, und seine Stimme schien ein Echo des kratzenden Geräusches zu sein, das die Stuhlbeine auf dem Boden verursachten.

„Jetzt wünsche ich mir nichts sehnlicher, als dich zu

meiner Frau zu machen, und sehe doch keine Möglichkeit, daß dieser Wunsch jemals in Erfülllung gehen wird."

Mit dünner Stimme hauchte Sandra: „Aber . . . aber du weißt doch gar nichts von mir!"

Der Graf sah sie an und erwiderte dann mit belegter Stimme: „Das mag wahr sein, und doch glaube ich alles über dich zu wissen, was zählt. Du erfüllst mein Herz mit Zärtlichkeit, und mein Instinkt sagt mir, daß du so rein und vollkommen bist, wie ich es mir gewünscht habe, obwohl du vor irgend etwas davongelaufen bist und dich ein Geheimnis umgibt, das du mir nicht enthüllen willst."

Wieder lachte er, und diesmal klang es jungenhaft, beinahe übermütig. „Es ist unglaublich!" rief er aus. „Einfach unglaublich, daß du einfach in mein Leben trittst und über Nacht alles, was ich mir vorgenommen und getan habe, durch deine bloße Existenz über den Haufen wirfst! Sage mir, was du für mich empfindest."

„Ich liebe dich", sagte sie mit leiser Stimme, „und ich kann es nicht ertragen, wenn du unglücklich bist. Als ich den Wunsch verspürte, dich zu beschützen, erkannte ich, daß ich dich liebe."

„Du wolltest mich beschützen?" fragte der Graf. „Wovor denn?"

„Vor allem, was dir schaden könnte."

„Das einzige, was mir schaden, was mich zerstören kann, ist die Gewißheit, dich niemals mein eigen nennen zu dürfen", erwiderte er.

Sein Blick schien jeden Zug ihres Gesichtes zu erfassen, als wollte er es sich für immer einprägen. „Ich will dich nicht verlieren!" klagte er. „Oh, mein Liebling, wie soll ich ohne dich leben?"

„Was sollen wir nur tun?" fragte Sandra tonlos.

„Ich muß nach Frankreich und meine Frau suchen", sagte der Graf entschlossen.

Sandra stieß einen Schreckensschrei aus.

„Nein . . . nein, das darfst du auf keinen Fall tun!“

„Vermutlich hat Großmama dir erzählt, daß ich eine Anzahl Aristokraten aus Frankreich geholt habe, um sie in Sicherheit zu bringen, wie? Sie kann es einfach nicht für sich behalten.“

„Ja, sie hat es mir erzählt“, erwiderte Sandra.

„Sie haben mich zum Glück nicht erwischt“, fuhr er fort, „sonst wären mir die Folter und vermutlich auch die Hinrichtung sicher gewesen. Sie werden mich auch diesmal nicht erwischen.“

„Nein!“ sagte Sandra angstvoll. „Bitte, tu das nicht! Ich könnte es nicht ertragen, wenn dir etwas zustieße. Ich . . . ich glaube, das wäre mein Tod!“

Das klang so verzweifelt und so rührend, daß der Graf sich von seinem Stuhl erhob und nach ihren Händen faßte. Wie in Trance erhob Sandra sich ebenfalls. Ganz langsam zog der Graf sie an sich und legte die Arme um sie.

Sie sträubte sich nicht gegen seine Umarmung. Ihr war, als stimme ihr Herz eine verträumte Melodie an, die sie einhüllte und willenlos machte.

Dann drückte er sie an sich. Sie blickte zu ihm auf, sehnsüchtig und scheu zugleich.

Als er sie küßte, wußte Sandra, daß sie sich die ganze Zeit nach nichts anderem gesehnt hatte als nach seinem Kuß. Er war wie der Sonnenschein und die Schönheit der Natur, die sie umgab, wie der Dunst über dem Meer, die Sterne am Himmel und der Silberschein des Mondes.

Er erfüllte ihr Inneres mit nie gekanntem Entzücken und brachte ihre Lippen zum Erblühen wie ein Sonnenstrahl die Knospen.

Als er den Kopf hob und ihren Mund freigab, konnte sie nur immer wieder stammeln: „Ich liebe dich! Ich liebe dich so sehr!“

Das Jauchzen in ihrer Stimme und ihre strahlenden Augen erregten ihn so sehr, daß er sie wieder küssen mußte. Die Welt schien um sie herum zu versinken, und sie glaubte, zum Himmel zu schweben.

Schließlich murmelte der Graf dicht über ihrem Mund: „Wie kannst du solche Gefühle in mir wecken? Was hast du mit mir gemacht, mein Liebling?“

„Ich . . . liebe . . . dich!“ sagte Sandra wieder.

„Und ich liebe dich, wie ich niemals eine Frau geliebt habe, das schwöre ich dir“, sagte er in feierlichem Ernst. „Nie hätte ich geglaubt, zu so tiefen Gefühlen fähig zu sein.“

Sie sahen sich lange an, dann nahm er die Arme von ihr, durchquerte den kleinen Raum und stellte sich vor den Kamin.

Sandra blieb regungslos stehen, und die Strahlen der Sonne, die durch das Fenster hereinfielen, hüllten sie ein wie eine Aura aus Gold, als sei sie dem Olymp entstiegen.

„Du bist kein irdisches Wesen“, sagte er leise. „Ich bete dich an!“

Er spürte das Beben, das durch ihren Körper ging, und wußte, daß keine andere Frau jemals so starke Gefühle in ihm geweckt hatte wie dieses zauberhafte Wesen, das so schön war und so anders als alle anderen.

„Ich liebe dich so sehr“, sagte sie in diesem Augenblick leise, „daß ich an nichts anderes mehr denken kann.“ Sie erschauerte, als fürchte sie sich vor der Stärke ihrer Gefühle.

„Und ich möchte dich nicht verletzen, mein Liebling“, erwiderte der Graf, „doch genau deshalb werde ich nach Frankreich reisen. Ich muß Ordnung in mein Leben bringen.“

„Nein, das darfst du nicht!“

„Dann müssen wir uns für immer trennen und dürfen uns nie wiedersehen.“

„Warum?“

„Glaubst du, ich könnte mit dir unter einem Dach wohnen, dich Tag für Tag sehen, ohne den Wunsch zu spüren, daß du mein wirst?“ Seine Worte schienen in dem kleinen Raum widerzuhallen, und er fügte mit Nachdruck hinzu: „Liebes, sei doch vernünftig! Ich verehre dich und bete dich an. Du bist das zauberhafteste Geschöpf, das mir je begegnet ist, aber ich bin ein Mann, und als solcher begehre ich dich. Es bereitet mir Höllenqualen, aber ich will ein so reines, vollkommenes Wesen wie dich nicht zerstören.“

Seine Worte erinnerten Sandra an etwas, das die Gräfin über ihn als jungen Mann gesagt hatte; er habe sich als Sinnbild der Ritterlichkeit, als Sir Galahad gefühlt. Jetzt hatte er wieder dazu zurückgefunden.

Die Jahre der Verbitterung und Enttäuschung hatten ihn zum Zyniker und Lebemann gemacht, doch seine Liebe zu ihr hatte seinen wahren Charakter enthüllt.

Sie spürte das. Ebenso wie sie ihre Liebe zu ihm als Geschenk des Himmels empfand, so erging es auch ihm.

Wie unter Zwang hörte sie sich sagen:

„Würdest du mir bitte einen Moment zuhören, denn es . . . es ist sehr wichtig!“

„Du weißt, daß ich dir immer nur zuhören möchte, mein Liebling“, sagte der Graf zärtlich.

„Dann triff bitte weder heute noch morgen irgendwelche Entscheidungen.“

„Warum bittest du mich darum?“

„Ich . . . kann es dir noch nicht erklären. Du mußt mir vertrauen.“

„Natürlich vertraue ich dir“, erwiderte der Graf. „Andererseits machst du es mir jedoch sehr schwer.“

„Wenn ich dir jetzt schon eine einleuchtende Erklärung geben könnte, würde ich es tun“, sagte Sandra. „Bitte, warte bis morgen. Wenn ich es dir dann nicht erklären kann, werde ich nie mehr Geheimnisse vor dir haben.“

Der Graf lächelte.

„Ich warte, muß dir aber gestehen, daß du mich neugierig gemacht hast."

„Danke für dein Verständnis. Sei unbesorgt. Mein Geheimnis hat nichts mit mir zu tun oder mit irgendeinem dunklen Punkt aus meiner Vergangenheit, wie du anfänglich vermutet hast."

„Das weiß ich", erwiderte der Graf. „Natürlich weiß ich das. Komm zu mir, mein geliebtes Wesen!"

Er streckte die Arme aus, und sie lief zu ihm. Er zog sie eng an sich, und sie barg den Kopf an seiner Schulter, drückte sich eng an ihn.

„Ich liebe dich und vertraue dir", sagte der Graf mit tiefer Stimme, „aber laß mir etwas Hoffnung auf eine gemeinsame Zukunft, mein Liebling, sonst ist es mir unmöglich, weiterzuleben."

„Das ist eine sehr törichte Rede", tadelte ihn Sandra. „So schwierig im Augenblick alles für uns aussehen mag, so bin ich doch fest überzeugt, daß wir eines Tages vereint sein werden." Sie atmete tief durch und fuhr fort: „Ich weiß, daß ich dir gehöre . . . wie wir vielleicht in einem früheren Leben zueinander gehörten . . . und ich glaube fest daran, daß Gott uns eines Tages ein Wunder bescheren und uns für immer zusammenführen wird."

Diese Worte kamen wie durch eine innere Eingebung über ihre Lippen.

Als sie geendet hatte, hob der Graf ihr Kinn an und küßte sie wieder, fordernd, besitzergreifend wie zuvor, aber auch mit kaum gezügelter Leidenschaft.

Sie spürte, wie sehr er sie begehrte, wie das Feuer in ihm danach drängte, ihrer Liebe die Krone aufzusetzen.

Diesen Teil der Liebe hatte sie nie erfahren, aber er war ein Teil des Wunders, das sie gefangenhielt, das in ihr brannte wie der Feuerball der Sonne am Mittagshimmel.

Er küßte sie, bis sie nach Atem rangen.

Dann trennte er sich energisch von ihr, so als ginge es ihm mehr um ihr Seelenheil als um das seine.

„Komm, mein Liebling, ich bringe dich jetzt heim“, sagte er mit zärtlicher Betonung, und sie wußte, daß sie zueinander gehörten, so finster die Mächte auch sein mochten, die ihr Glück bedrohten.

# 7

Die ganze Welt schien sich um sie zu drehen, als sie ihr Schlafgemach erreichte; ihre Augen waren wie geblendet vor Glück und sahen nichts anderes mehr als das geliebte Gesicht des Grafen.

Schweigend waren sie nach Hause galoppiert, und erst als die Ställe in Sicht kamen, hatte der Graf leise zu ihr gesagt: „Paß gut auf dich auf, Liebes. Wir werden gegen Abend noch einmal über alles sprechen."

Sie antwortete ihm mit einem strahlenden Lächeln, das ihm den Himmel auf Erden verhieß.

Sobald der Stallknecht ihr Pferd übernommen und Willoughby sie aus dem Sattel gehoben hatte, lief sie ins Haus und verschwand über die Hintertreppe nach oben.

Sie hoffte, niemand hatte sie mit dem Grafen kommen sehen. Die Prinzessin sicher nicht, denn sie pflegte sich immer erst gegen Mittag wecken zu lassen.

Während sie sich ihrer Reitkleidung entledigte, kreisten ihre Gedanken nur um den Grafen und ihre Liebe zueinander und sannen nach einem Ausweg.

Auf keinen Fall durfte sie zulassen, daß er sich nach Frankreich begab. Sie war fest entschlossen, ihn mit allen Mitteln von diesem gefährlichen Abenteuer abzuhalten. Wenn er getötet oder gefangengehalten wurde in einem fremden Land, hätte sie es nicht ertragen.

Dann fiel ihr ein, welche Gefahr ihn noch bedrohte: der Comte Jacques de Chabris und die geheimnisvolle Liste.

Sie hatte keine genaue Vorstellung davon, was sie beinhaltete, aber ihr Instinkt sagte ihr, daß sie den Grafen zusätzlich in Gefahr bringen würde, wenn er den Kanal überquerte.

Nachdem sie sich umgekleidet hatte, brachte das Mädchen ihr das Frühstück. Sandra verriet nicht, daß sie bereits ein deftiges Frühstück zu sich genommen hatte, sondern stocherte nur ein wenig auf dem Teller herum und trank einen Schluck Kaffee.

Später begab sie sich nach unten und erfuhr von Miß Robinson, daß die Gräfin eine schlechte Nacht verbracht hatte und bis zehn Uhr nicht gestört werden wollte.

Beiläufig erkundigte sie sich nach dem Grafen. Man sagte ihr, daß er sich zum Marine-Pavillon begeben habe. Offenbar hatte er es für ratsam gehalten, nicht kurz nach ihr ins Haus zurückzukehren und hatte statt dessen den Kronprinzen aufgesucht, der morgens beim Ankleiden gern seine engsten Freunde um sich hatte.

Gedankenverloren begab Sandra sich in die Bibliothek und blickte hinaus auf die „Steine“, die zu dieser frühen Stunde nur wenig Passanten aufwies. Sie fühlte sich so glücklich wie lange nicht mehr. Das Wissen um die Liebe des Grafen wärmte ihr das Herz wie die Strahlen der Morgensonne ihre Haut.

Eine elegant gekleidete Gestalt kam mit raschen Schritten an ihrem Fenster vorbei. Sie fragte sich, was den Comte so früh auf die Promenade getrieben haben mochte, und vermutete, daß er sich ebenfalls zu Seiner Königlichen Hoheit begeben wollte.

Sie zog sich hinter den Vorhang zurück, um nicht von ihm entdeckt zu werden, und schaute ihm nach, wie er, seinen Stock mit dem Goldknauf schwenkend, dahinstolzierte, als könnte er kein Wässerchen trüben.

Womit will er Willoughby und all die anderen Personen erpressen? fragte sie sich. Was mag auf der Liste stehen, die er bei sich versteckt hat?

Plötzlich hatte sie eine Idee. Sie war so ungeheuerlich, daß sie zunächst vor ihrer eigenen Kühnheit erschrak, doch dann jubelte es in ihrem Innern, daß dies der Ausweg sein konnte, nach dem sie so krampfhaft gesucht hatte.

Es drängte sie, ihr Vorhaben sofort in die Tat umzusetzen. Sie lief in ihr Zimmer und kritzelte hastig einige Zeilen auf einen Briefbogen:

*„Sie wünschten, mich allein zu sprechen. Wenn es Ihnen recht ist, suchen Sie mich nach zwei Uhr auf."*

Sandra steckte den Bogen in einen Umschlag und adressierte ihn an den Comte.

Aus dem Schrank nahm sie ein grünes Seidencape, das sie sich für regnerische Tage gekauft hatte, um auch dann, wenn es neblig war und feucht, im Park spazierengehen zu können.

„Ich bin ein Mädchen vom Lande!" hatte sie ihrer Stiefmutter entgegengehalten, die diese Anschaffung als überflüssig bezeichnet hatte. Isobel hatte die Achseln gezuckt und sie gewähren lassen.

Die Kapuze des Capes zog sie tief ins Gesicht. Mit dem Brief in der Hand begab sie sich zum Domizil des Comte, und sie war fest überzeugt davon, daß die Diener des französischen Grafen keinerlei Befremden über ihr Erscheinen zeigen würden.

In der Halle des Apartmenthauses stieß sie auf einen Diener, der ihr höflich die Tür aufhielt. Einer augenblicklichen Eingebung folgend, nahm Sandra eine frischgefüllte Blumenschale vom Tisch und ging damit auf die Abschlußtür zu den Apartments zu. Sie klopfte an. Unwillig über die Störung, kam ein Hausmädchen angeschlurft und öffnete.

„Ich soll dem Comte Jacques de Chabris diese Blumen bringen", sagte Sandra. „Darf ich sie in sein Zimmer bringen?"

Die Frau hielt sie offensichtlich ebenfalls für einen Dienstboten und wies mit dem Daumen auf eine Treppe hinter sich.

„Eine Etage höher, die vordere Wohnung“, sagte sie, ließ Sandra eintreten und schloß die Tür hinter ihr.

Sandra eilte die Stufen hoch und öffnete die erste Tür, die ihrer Schätzung nach zum Salon führen mußte. Es war ein kleiner Raum mit zwei Fenstern, die auf das „Crescent“ blickten. Das Mobiliar bestand aus einem Sofa mit zwei Sesseln und einer Couch, die dem Grafen vermutlich nachts als Bett diente, tagsüber jedoch mit einer Tagesdecke und Kissen bedeckt war.

Sie warf einen prüfenden Blick in die Runde und entdeckte dann, wonach sie suchte.

Es war ein Sekretär, der dem ihrer Mutter ganz ähnlich war. Die Rolljalousie war heruntergelassen. Daneben befanden sich drei geräumige Schubladen. Der Sekretär war nicht verschlossen. Sie öffnete ihn und fand sich innen sofort zurecht. In der Mitte befand sich ein kleines Kabinett, davor ein silbernes Tintenfaß, darüber mehrere Fächer für Karten und Briefpapier. Darunter waren mehrere kleine Schubladen eingebracht, in denen sie jedoch nicht das finden würde, was sie suchte.

Im Sekretär ihrer Mutter zu Hause hatten sich zu beiden Seiten des mittleren Schränkchens kunstvoll geschnitzte Rahmenleisten befunden, die nur als Verzierung dienten. Ihre Mutter hatte ihr gezeigt, wie man sie herausziehen konnte. Dahinter verbargen sich Hohlräume, die man als Geheimfach benutzen konnte.

Sandra hatte das als kleines Mädchen sehr aufregend gefunden und sich den Spaß gemacht, ihrer Mutter kleine Briefe zu schreiben und in den Fächern zu verstecken.

Daran mußte sie denken, als sie die linke Rahmenleiste des Schränkchens herauszog. Das Fach dahinter war leer. Sie probierte es auf der anderen Seite. Irgend etwas klemmte. Sie sah sich nach einem Gegenstand um, mit dem sie die Leiste anhebeln konnte. Sie entdeckte einen Brieföffner und daneben eine spitze Schere.

Behutsam, um das Holz nicht zu zerkratzen, steckte sie die Schere in den Zwischenraum zwischen Leiste und Rahmen und lockerte diesen so weit, daß sie die Leiste herausziehen konnte.

Sie tastete mit der Hand in den Hohlraum und spürte ein mehrfach gefaltetes Stück Papier.

Ein Blick darauf genügte ihr, um festzustellen, daß es sich um die Geheimliste mit den Namen handelte, über die sich die beiden Franzosen am Strand unterhalten hatten.

Hastig verstaute sie das Papier im Ausschnitt ihres Kleides und hatte gerade die Leiste in den Rahmen zurückgeschoben, als sie auf dem Gang Schritte hörte.

Instinktiv griff sie nach der Schere und machte sich an den Rosen in der Glasschale zu schaffen.

Sie glaubte, das Hausmädchen sei gekommen, um nachzusehen, ob sie schon weg war. Doch dann spürte sie, daß jemand auf der Schwelle stand und sie beobachtete.

Sie wandte den Kopf und hielt erschrocken den Atem an. Es war nicht das Hausmädchen, sondern der Comte, der sie ungläubig anstarrte.

„Ich sah Sie an unserem Haus vorübergehen", redete sie drauflos, „und wollte Ihnen eine Nachricht und diese Blumen hier überbringen."

„Ich hatte etwas vergessen und bin deshalb zurückgekommen", erklärte der Comte sein plötzliches Erscheinen. „Ich kann es noch immer nicht fassen, daß Sie zu mir gekommen sind."

Sandra kürzte den Stiel einer Rose mit einem raschen Schnitt und entfernte sich dann vom Tisch.

„Ich wollte gerade gehen", sagte sie mit dünner Stimme.

Der Comte legte Hut und Stock auf einen Sessel und trat dann auf sie zu.

„Das hat doch keine Eile“, meinte er und kniff die Augen schmal.

„Sie . . . Sie sollten die Nachricht lesen, die ich Ihnen gebracht habe“, versuchte Sandra ihn abzulenken. „Ich muß zurück zur Gräfin. Ich . . . ich darf sie nicht warten lassen.“

„Die Nachricht hat Zeit bis nachher“, entschied der Comte. „Jetzt bin ich endlich mit Ihnen allein und lasse Sie nicht so ohne weiteres fort.“ Seine Stimme verriet Sandra, wie erregt er war.

„Sie . . . Sie müssen mich entschuldigen. Meine Zeit drängt und . . .“

Er rückte ihr bedrohlich nahe, und plötzlich hatte sie entsetzliche Angst.

„Ich . . . ich muß wirklich gehen“, stammelte sie.

„Ich sagte schon, daß es keine Eile hat.“ Sein Arm umfing sie und preßte sie an sich. Dann versuchte er, sie zu küssen.

„Nein . . . nein!“

Verzweifelt versuchte sie, sich aus seiner Umklammerung zu befreien. Es gelang ihr nicht.

„Du bist sehr süß!“ flüsterte der Comte ihr mit belegter Stimme ins Ohr. „Ich wäre ein Narr, wenn ich dich jetzt gehen ließe.“

„Sie sollen mich loslassen!“ schrie Sandra angstvoll.

Seine Arme waren wie ein Schraubstock, und seine gierigen Lippen suchten ihren Mund. Nach den berauschenden, beglückenden Gefühlen, die die Küsse des Grafen bei ihr ausgelöst hatten, hätte sie es als Verrat empfunden, sich von einem anderen Mann küssen zu lassen.

„Lassen Sie mich sofort los!“ Ihre Stimme klang schrill vor Empörung und Angst.

„Niemals!“ erwiderte der Comte heiser. „Du erregst

mich. Ich will dich haben! Eine solche Gelegenheit bietet sich mir vielleicht nie wieder!“

Seine Lippen streiften ihre Wange. Sie bog den Kopf zur Seite und wand sich in seinem eisernen Griff. Das Cape behinderte sie dabei. Es gelang ihr nicht, sich seiner brutalen Umarmung zu entziehen.

Seine heisere Stimme und sein erregter Atem verrieten ihr, daß seine Begierde geweckt war, und obwohl sie nicht wußte, was das bedeutete, verspürte sie Todesangst vor ihm und seiner Zügellosigkeit, die ihr Übelkeit bereitete.

Plötzlich hob er sie auf die Arme und trug sie zur Couch.

„Schluß mit dem albernen Getue!“ sagte er mit rauher, abstoßender Stimme.

„Nein, nein, nein!“ schrie sie gellend auf.

Da sie jedoch spürte, daß sie ihm hilflos ausgeliefert war, handelte sie instinktiv und rammte ihm die spitze Schere, die sie noch immer in der rechten Hand hielt, in die Brust.

Der Comte stieß einen gurgelnden Schrei aus und ließ sie abrupt los. Entsetzt starrte er auf eine Stelle über seinen engen, champagnerfarbenen Hosen, die sich rot färbte.

Während Sandra sich aufrappelte und zurückwich, tastete der Comte mit beiden Händen nach der Schere.

Als sie klappernd zu Boden fiel, breitete sich der rote Fleck unter seinem Magen rasch weiter aus.

*„Mon dieu, je suis mort!“* ächzte er.

Mit einem Entsetzensschrei ließ Sandra ihr Cape fallen und rannte zur Tür. Sie stolperte die Treppen hinunter, fand die Korridortür unverschlossen und hastete ins Freie in Richtung Kyle House.

Als sie um die Ecke bog, entdeckte sie auf der Promenade einen Reiter und erkannte voller Erleichterung, daß es der Graf war.

Ohne sich darum zu kümmern, was die anderen Passanten denken mochten, lief sie völlig aufgelöst auf ihn zu.

„Sandra, was ist passiert?“ fragte er besorgt. „Liebling, du bist ja völlig außer dir!“

Sie rang nach Luft und stützte sich mit einer Hand an seinem Pferd ab, weil ihre Beine ihr den Dienst zu versagen drohten.

„Ich . . . ich glaube, ich habe ihn getötet . . . Er hat es gesagt“, stammelte sie schließlich zusammenhanglos hervor.

„Wen getötet?“ fragte der Graf energisch.

„Den Comte!“

„Aber warum? Wo ist er?“

Wortlos zog Sandra die Liste aus ihrem Ausschnitt und überreichte sie ihm. „Ich . . . ich war in seinem Zimmer, um danach zu suchen.“

„Du warst in seinem Zimmer?“ wiederholte der Graf fassungslos. „Wie konntest du das tun?“

„Ich . . . ich wollte dich retten, aber da kam er plötzlich zurück und entdeckte mich und . . . und ich glaube, er muß sterben . . .“

Ihre Stimme versagte. Der Graf spürte, daß sie einer Ohnmacht nahe war. Mit einem Satz sprang er aus dem Sattel und fing sie auf, nachdem er die Liste achtlos in seine Rocktasche gestopft hatte.

Er legte den Arm beruhigend um ihre Schultern und drückte ihren bebenden Körper an sich.

„Schon gut, mein Liebling. Überlaß alles mir. Geh ins Haus und leg dich hin.“

Damit führte er sie zum Haus und rief dem Lakaien, der ihm auf der Freitreppe entgegenkam, zu: „Bring mein Pferd in den Stall!“

Während der Diener dem Befehl Folge leistete, hob der Graf Sandra auf die Arme, trug sie in die Bibliothek und bettete sie aufs Sofa.

Flehend streckte sie ihm beide Hände entgegen.

„Es . . . es tut mir so schrecklich leid, daß . . . daß ich ihn getötet habe . . . aber . . . aber ich hatte solche Angst, er könnte dir Schaden zufügen und . . ."

„Überlaß nur alles mir."

In diesem Augenblick kam der Butler aufgeregt ins Zimmer gelaufen.

„Ist etwas passiert, Mylord?"

„Bringen Sie Miß Wade einen Brandy und ein Glas Wasser", wies der Graf ihn an.

Während der Butler sich am Getränketablett zu schaffen machte, sah Sandra Willoughby verstört an.

„Mach dir keine Sorgen, mein Liebling", sagte er leise, hob ihre Hand an seine Lippen und verließ dann mit langen Schritten den Raum.

Erst als er gegangen war, erinnerte sich Sandra voller Entsetzen, daß sie ihr Cape am Tatort zurückgelassen hatte.

Es war zu spät, etwas dagegen zu unternehmen. Sie hätte ihm nachlaufen und ihn warnen müssen, aber sie fühlte sich zu schwach dazu.

Es schien eine Ewigkeit vergangen zu sein, seit Miß Robinson sie ins Bett gebracht hatte, da klopfte es an die Tür.

„Seine Lordschaft läßt grüßen", meldete der Lakai, der an der Tür stand. „Er möchte gern mit Miß Wade sprechen, wenn sie sich stark genug fühlt, nach unten zu kommen."

Sandra erhob sich augenblicklich.

„Ich komme sofort."

Miß Robinson entging nicht, daß ihre Augen plötzlich aufleuchteten und ihre bisher schwache Stimme einen freudigen Klang hatte.

„Melden Sie Seiner Lordschaft, daß Miß Wade in wenigen Minuten unten sein wird", wies sie den Diener an.

Als er gegangen war, redete sie auf Sandra ein wie auf ein kleines Kind, das sich zuviel zutraut: „Sie sollten sich besser bis zum Lunch ausruhen."

„Nein, nein, ich muß nach unten", beharrte Sandra. „Mir geht es schon wieder gut."

Ein rascher Blick in den Spiegel zeigte ihr, daß sie wieder Farbe bekommen hatte und ihre Augen glänzten.

„Danke für Ihre Hilfe", sagte sie zu Miß Robinson und lief aus dem Zimmer.

Seufzend sah die Kammerzofe ihr nach.

„Wenn er ihr das Herz bricht", murmelte sie vor sich hin, „erwürge ich ihn mit meinen eigenen Händen."

Sandra stürmte die Treppe hinunter.

„Seine Lordschaft erwartet Sie in der Bibliothek", meldete ihr der Butler.

Ihre anfängliche Freude über seine Rückkehr wich plötzlich ernsthaften Bedenken. Wenn Willoughby den Comte nun sterbend vorgefunden hatte, schoß es ihr durch den Kopf, dann würde es einen Riesenskandal geben.

Vielleicht ist er böse auf mich! dachte sie und zitterte am ganzen Körper, als der Butler ihr die Tür zur Bibliothek aufhielt.

Sie trat zögernd ein und wagte nicht aufzublicken, obwohl sie spürte, daß der Graf am Kamin stand. Erst als sich die Tür hinter ihr geschlossen hatte, fragte sie mit bebender Stimme:

„Was . . . was ist geschehen?"

„Komm her zu mir!" Das klang wie ein Befehl, aber der Ton seiner Stimme ließ sie aufhorchen, und sie hob instinktiv den Blick.

Dann sah sie, daß er lächelte, und war nicht mehr zu halten. Sie lief zu ihm und warf sich in seine Arme.

„Ist . . . ist er nicht tot?" fragte sie atemlos.

„Mein süßer, großartiger Liebling", sagte der Graf

weich. „Wie bist du nur auf die brillante Idee gekommen, ihm die Liste abzunehmen?"

„Die . . . Liste?" murmelte Sandra. Die hatte sie ganz vergessen vor Entsetzen über das, was sie dem Comte angetan hatte.

Der Druck seiner Arme verstärkte sich, und er blickte sie so liebevoll und zärtlich an, daß sie die Welt um sich vergaß und den Himmel auf Erden zu spüren glaubte. Als er sie weiter nur stumm betrachtete, als wollte er sich jeden Zug ihres Gesichtes einprägen, fragte sie leise:

„Ist er . . . nicht tot?"

„Nein, bedauerlicherweise nicht", erwiderte der Graf trocken. „Ich habe einen Arzt zu ihm geschickt und de Chabris klargemacht, daß er England innerhalb von drei Tagen zu verlassen hat, sonst sorge ich dafür, daß er verhaftet und wegen Erpressung und Nötigung angeklagt wird."

Sandra hörte kaum zu. Sie konnte nur immerzu daran denken, daß sie ihn nicht getötet hatte und es deshalb auch keinen Skandal geben würde.

„Ich . . . ich hatte solche Angst."

„Du wirst ihn nie wiedersehen", beruhigte sie der Graf, „und er hat Glück gehabt, daß ich ihm nicht den Rest gegeben habe! Natürlich war es heller Wahnsinn, daß du dich allein in die Höhle des Löwen begeben hast."

„Ich habe beobachtet, wie er zum Pavillon ging", verteidigte sich Sandra. „Ich wollte unbedingt die Liste finden, über die er sich am Morgen mit einem gewissen Henri unterhalten hat. Sie wußten nicht, daß ich am Strand war und ihr Gespräch belauschen konnte."

„Die Liste!" rief der Graf lebhaft aus. „Darum allein ging es. Und jetzt sollst du auch erfahren, weshalb sie dem Comte so viel wert war."

Er stieß einen Seufzer aus, der aus der Tiefe seiner Seele zu kommen schien.

„Die Liste", erklärte er ruhig, „enthielt den Beweis, daß ich ein freier Mann bin und dich, mein Liebling, endlich bitten kann, meine Frau zu werden."

Sandra blickte ungläubig zu ihm auf.

„Aber . . . wieso? Ich verstehe nicht . . ."

„Der Comte wollte mich um eine große Summe Geldes erleichtern", holte der Graf weiter aus. „Es war ein raffinierter Plan. Aber wichtig ist für mich nur, mein Liebling, daß wir jetzt für immer zusammensein können, wie es uns bestimmt war."

„Aber wieso? Bitte, erklär mir alles!" bettelte Sandra. Ihre Stimme bebte vor Aufregung.

Da er spürte, daß er ihre Neugier befriedigen mußte, sich jedoch danach sehnte, sie zu küssen, faßte er sich so kurz wie möglich:

„De Chabris und sein Kumpan kamen auf die glänzende Idee, in England Geld von Leuten zu fordern, die Verwandte in Frankreich hatten. Sie fertigten deshalb eine Liste an, auf der auch ich wegen meiner französischen Frau stand, und Ludlow, dessen Tochter in Lyon interniert ist." Er hielt einen Augenblick inne und fuhr dann fort:

„Sie entdeckten noch eine ganze Anzahl weiterer reicher Leute, die möglicherweise ebenfalls bereit waren, ihre Verwandten in Frankreich zu unterstützen und den beiden Gaunern das Geld anvertraut hätten."

Sandra hörte aufmerksam zu, verstand aber nicht, wieso diese Enthüllungen den Grafen zu einem freien Mann machten.

Als ahne er, was sie beschäftigte, erklärte er ruhig, aber nicht ohne innere Erregung:

„Die Liste enthält den Beweis, daß meine Frau vor über achtzehn Monaten gestorben ist. Obwohl de Chabris davon wußte, beabsichtigte er, sich von mir Geld zu ergaunern, das sie angeblich dringend benötigte."

Sandra schüttelte angewidert den Kopf, und der Graf fuhr fort: „Ich zwang ihn, sein verbrecherisches Vorhaben in allen Einzelheiten zu enthüllen, da ich ihm nur unter diesen Bedingungen freien Abzug nach Frankreich zubilligte."

„Dann . . . wird er es nicht wagen, sich an einen der anderen mit einer Lügengeschichte heranzumachen und . . ."

„Bestimmt nicht, denn ich habe ja die Liste."

Der Graf zog sie an sich. „Es war sehr mutig und sehr klug von dir, Liebes, aber es wäre besser gewesen, du hättest dich mir anvertraut und es mir überlassen, den Schurken zur Strecke zu bringen."

„Du . . . du hättest das Versteck der Liste vielleicht nicht gefunden", gab Sandra zu bedenken. „Ich habe darum gebetet, sie aufzustöbern."

„Deine Gebete wurden erhört", stellte er fest, „auch was unser beider Glück betrifft. Wir sind füreinander bestimmt. Nun kann uns nichts mehr trennen."

Seine Lippen suchten ihren Mund, und sein leidenschaftlicher Kuß verriet, welches Feuer in ihm brannte, wie sehr er sie begehrte, aber gleichzeitig auch anbetete, und wieder war ihr, als schwebe sie auf Wolken, als höre sie die Engel im Himmel jubilieren.

„Ich liebe dich . . . ich liebe dich!" murmelte sie, als seine Lippen sie freigaben.

„Ich bete dich an", sagte er bewegt, „und jetzt wird schleunigst geheiratet."

Als bedürfe es keiner weiteren Worte, küßte er sie wieder mit verzehrender Glut, daß sie sich eins fühlte mit seinem Körper und seinem wild klopfenden Herzen.

Als die Tür geöffnet wurde, gab der Graf sie frei, und Sandra glaubte, aus höchsten himmlischen Höhen auf die Erde zurückgestürzt zu sein.

„Verzeihung, Mylord", ließ Miß Robinson sich vernehmen, „aber Mylady ist aufgewacht und fragt nach Miß Wade."

Der Graf lächelte.

„Ich komme mit. Miß Wade und ich habe der alten Dame etwas mitzuteilen."

Die Kammerzofe sah ihn erstaunt an, dann sah sie, wie er nach Sandras Hand griff und mit ihr das Zimmer verließ. Kopfschüttelnd folgte sie den beiden und fragte sich ernsthaft, wohin das noch alles führen sollte.

Als die beiden das Schlafgemach betraten, wollte die alte Gräfin wissen: „Was ist passiert?"

„Eine ganze Menge, Großmama", erwiderte der Graf lebhaft, trat an ihr Bett und hob ihre Hand an die Lippen. „Du sollst meine erste Gratulantin sein und erfahren, daß ich der glücklichste Mann der Welt bin."

Die Gräfin blickte von ihm zu Sandra.

„Was ist geschehen? Warum hat man mich nicht unterrichtet? Was habt ihr mir verheimlicht?"

Der Graf lachte.

„Etwas, das ich selbst gerade erst erfahren habe, Großmama, nämlich, daß ich ein freier Mann bin! Yvonne ist vor achtzehn Monaten gestorben."

Die Gräfin starrte ihn ungläubig an. „Bist du ganz sicher?"

„Völlig sicher! Ich habe sogar erfahren, wo sie begraben liegt, daß es ein großes Begräbnis war und der Trauergottesdienst vom Bischof von Paris abgehalten wurde."

„Aber keiner hielt es für nötig, uns davon zu unterrichten, wie?" fragte die Gräfin verbittert.

„Ich wüßte es jetzt noch nicht, wenn Sandra nicht so unglaublich klug gehandelt hätte."

Die Gräfin lächelte. „Ich hätte mir denken können, daß Sie etwas damit zu tun haben, mein Kind! Und jetzt erzählen Sie mir alles von Anfang an."

Ein wenig befangen, weil sie den liebevollen Blick Willoughbys auf sich spürte, erklärte ihr Sandra, wie es dazu gekommen war, daß sie die beiden Franzosen belauscht hatte, wie sie später im Farmhaus den Grafen beschworen hatte, auf keinen Fall nach Frankreich zu reisen.

„Eine absurde Idee!“ murrte die Gräfin. „Dieses Risiko hättest du niemals eingehen dürfen. Wenn sie dich erwischt hätten, wäre dir die Guillotine sicher gewesen.“

„Genau das habe ich ihm auch gesagt“, pflichtete Sandra ihr bei, bevor der Graf sich dazu äußern konnte, „und ich spürte auch, daß die erwähnte Liste von ungeheurer Bedeutung war.“

Der Graf, der ahnte, daß es ihr peinlich war zu bekennen, daß sie allein ins Apartment des Comte eingedrungen war, schilderte den Fortang der Geschichte aus seiner Sicht: „Statt mit ihrem Verdacht zu mir zu kommen und mir alles Weitere zu überlassen, begab sich Sandra in die Höhle des Löwen und stöberte die Liste tatsächlich auf. Aber der verräterische Schuft kehrte vorzeitig aus dem Pavillon zurück, fiel über sie her und wollte ihr Gewalt antun. Da stach sie mit einer Schere zu!“

„Ich . . . ich dachte, ich hätte ihn getötet!“ stammelte Sandra. „Er schrie: *‚Je suis mort!‘*“

„Ich wünschte, Sie hätten diesen Schurken tatsächlich um die Ecke gebracht!“ sagte die Gräfin heftig. „Aber vermutlich zappelt er noch, wie?“

„Er hat ziemliche Schmerzen“, sagte der Graf mitleidlos, „aber er ist reisefähig und wird England wieder verlassen.“

Die Gräfin hörte nicht mehr zu. Sie sah Sandra forschend an, bemerkte den zärtlichen Blick, den sie mit dem Grafen wechselte, und stellte fest: „Vermutlich wollt ihr beiden jetzt heiraten, wie?“

„Sobald wie möglich“, erwiderte der Graf. „Wie ich dir bereits mitteilte, Großmama, bin ich der glücklichste Mann der Welt.“

Er streckte die Hand nach Sandra aus und fragte sie beinahe feierlich: „Wann willst du mich heiraten, mein Liebling? Möchtest du, daß deine Familie benachrichtigt wird?“

Sandra sah ihn erschrocken an. „Ich . . . ich muß dir noch sagen, wer ich bin.“

„Mir brauchst du nichts zu sagen“, warf die Gräfin ein. „Ich weiß, daß du die Enkelin von Sir Alexander Montgomery Soames und die Tochter von Lord Blackstone bist.“

Sandra sah die alte Dame verblüfft an. „Woher . . . woher weißt du das?“

Die Gräfin lächelte listig. „Ich wollte wissen, wie alt der General ist, und schaute im Adelsregister nach. Daraus erfuhr ich auch, daß die einzige Tochter des Generals einen Lord Blackstone geheiratet und ihm eine Tochter namens Sandra geschenkt hat.“

„Aber . . .“

„Deine Empfehlungsschreiben auf echten Briefbögen und dein seltener Name brachten mich darauf.“

„Ich . . . gestehe, daß ich die Schreiben gefälscht habe.“

Der Graf legte den Arm um sie.

„Ein kriminelles Vergehen! Dafür wirst du zu lebenslänglichem Dasein an meiner Seite verurteilt.“

Sie blickte zu ihm auf und sagte leise: „Ich bin mit dem Urteilsspruch einverstanden, Euer Ehren.“

„Ich habe auch einen ganz bestimmten Verdacht, weshalb du von zu Hause weggelaufen bist“, fuhr die Gräfin fort. „Du hast dich mit deiner Stiefmutter nicht verstanden, nicht wahr?“

„Ja“, erwiderte Sandra. „Muß ich ihr unbedingt mitteilen, wo ich bin? Sie wäre außer sich vor Zorn, daß ich in eine so angesehene Familie einheirate und zudem noch beim Kronprinzen zu Gast war.“

Der Graf lachte schallend.

„Wenn ich mir überlege, wie krampfhaft ich nach einer Erklärung für deine Flucht gesucht habe, komme ich mir reichlich töricht vor. Auf die sprichwörtliche böse Stiefmutter bin ich nicht gekommen!“

Sandra legte den Kopf an seine Schulter.

„Tut mir leid, daß ich dich anlügen mußte. Ihr wart beide so lieb zu mir, und ich schämte mich jeden Tag mehr, euch so getäuscht zu haben.“

„Mich hast du nicht lange getäuscht“, erwiderte die Gräfin. „Das Wichtigste scheint mir jetzt, wann und wo die Hochzeit stattfinden soll.“

Der Graf blickte Sandra so liebevoll an, wie seine Großmutter ihn seit Jahren nicht mehr erlebt hatte, und sie lächelte zufrieden und froh.

„Was ich möchte, weiß ich genau, aber ich traue mich nicht, es dir vorzuschlagen.“

Sandra kuschelte sich enger an ihn. „Könnten wir nicht in aller Stille heiraten und es erst danach bekanntgeben?“ fragte sie leise.

„Genau das wollte ich dir vorschlagen“, erwiderte der Graf erfreut. „Du mußt uns helfen, Großmama. Wir möchten keine langen Erklärungen über Yvonnes Tod und unsere Kenntnis davon abgeben. Und wenn Sandra ihre Stiefmutter nicht benachrichtigen möchte, dann sollten wir ihren Wunsch respektieren.“

„Warum heiratet ihr dann nicht gleich?“ schlug die Gräfin vor. „In Brighton wimmelt es nur so von Priestern, die eure Trauung vornehmen können.“

„Ich habe eine bessere Idee“, sagte der Graf. „Ich werde den Erzbischof von Canterbury um eine Eheerlaubnis bitten, dann können wir uns in irgendeiner hübschen kleinen Dorfkirche trauen lassen und sofort unsere Flitterwochen antreten, während Großmama es übernimmt, den Kronprinzen zu unterrichten.“

Die Gräfin lachte verschmitzt. „Hätte ich mir denken

können, daß ihr den schwierigen Teil mir überlaßt! Seine Königliche Hoheit wird toben, wenn er erfährt, daß die Feier ohne ihn stattgefunden hat, aber ich werde mir eine romantische Geschichte einfallen lassen, die ihn begeistern wird."

„Besonders wenn du ihm unter dem Siegel der Verschwiegenheit mitteilst, daß er der einzige ist, der noch vor unserer Rückkehr aus den Flitterwochen von unserer heimlichen Heirat erfährt!"

„Wohin geht die Reise?" fragte die Gräfin.

„Zuerst möchte ich Sandra ihr neues Zuhause zeigen, dann ziehen wir uns in eines meiner Häuser auf dem Land zurück, wo uns niemand stört oder mit lästigen Fragen behelligt, bevor wir uns die richtigen Antworten überlegt haben."

Er zog Sandra zärtlich an sich. „Dazu werden wir uns lange Zeit lassen, so daß du als selbstsichere verheiratete Frau in die Gesellschaft einziehen wirst – falls uns überhaupt danach zumute ist."

Die Gräfin drückte ihm erfreut die Hand.

„Das wollte ich hören", sagte sie aufatmend. „Sandra wird dich lehren, daß es nützlicheren Zeitvertreib gibt, als hinter grünäugigen Sirenen herzulaufen oder um einen vergnügungssüchtigen Kronprinzen herumzuscharwenzeln."

„Falls es außer Sandra noch andere Frauen auf der Welt gibt, so sind mir deren Namen und deren Aussehen völlig entfallen", sagte der Graf.

Ein ungläubiger Blick belehrte Sandra, daß er es ernst meinte.

Ihr war, als gäbe es nur noch sie beide auf einer herrlichen Welt, die eine Erfüllung all ihrer Träume verhieß.

Der Phaeton mit dem edelsten Gespann des Grafen setzte sich in Bewegung, und Sandra rückte näher an ihren Mann heran.

Er lenkte die Pferde mit geübter Hand, und sie glaubte, noch nie einen glücklicheren Mann gesehen zu haben als ihn. Wie Apollo erschien er ihr, der seine feurigen Rösser über den Himmel lenkte, um Licht in die Dunkelheit zu bringen.

Ihr ganzes Leben hatte er mit Licht erfüllt, als sie in der kleinen grauen Sandsteinkirche getraut worden waren, nur in Begleitung der Gräfin und Miß Robinson als Trauzeugen.

Ich bin verheiratet! sagte sie sich immer wieder. Verheiratet mit dem wunderbarsten Mann der Welt. Niemand kann glücklicher sein als wir beide.

Als habe er ihre Gedanken erraten, sagte er in diesem Augenblick: „Jetzt nimmt unser Leben einen neuen Anfang. Was gewesen ist, lassen wir weit hinter uns, die neue Zeit liegt vor uns, mein Liebling, und mein einziger Wunsch ist, dich glücklich zu machen."

„Ich bin glücklich", erwiderte Sandra. „So glücklich, daß ich es kaum fassen kann."

„Sobald wir allein sind, werde ich dich lehren, unser Glück zu vollenden", sagte er bedeutungsvoll, und in seiner Stimme schwang verhaltene Leidenschaft, die Sandra erröten ließ.

Sie hatten eine lange Reise durchs Land vor sich, aber wenn sie ihr Ziel erreicht hatten, würden sie endlich allein und ungestört sein. Kein Kronprinz würde nach dem Grafen verlangen, und sie selbst würde keine anderen Pflichten haben, als ihren Mann glücklich zu machen.

Es schien ihr noch immer wie ein Traum, daß sich ihr Leben in zwei Tagen völlig verändert hatte.

Die Trauung in der kleinen Kirche, die Segenswünsche der Gräfin, die sich glücklich pries, Sandra als Gesellschafterin eingestellt und damit dem Glück des jungen Paares Vorschub geleistet zu haben, und nun dem Ziel ihrer Wünsche und Sehnsüchte entgegenstrebend, der Hochzeitsnacht mit dem geliebten Mann an ihrer Seite.

Sie errötete wieder bei dem Gedanken daran und hörte den Grafen leise sagen:

„Wenn du so verführerisch aussiehst, meine Liebste, und mich mit deinen Gedanken verwirrst, fällt es mir schwer, die Zügel zu halten. Wir werden noch einen Unfall haben."

„Du sollst nicht immer meine Gedanken lesen!" wehrte Sandra lächelnd ab.

„Das möchte ich aber, damit du keinerlei Geheimnisse vor mir hast. Ich könnte nicht ertragen, wenn du mir irgend etwas verheimlichst."

„Dazu besteht kein Grund mehr", versicherte ihm Sandra.

Sie fühlte sich befangen und voll banger Erwartung, als sie später im prunkvollen Speisesaal von Schloß Kyle ihr Diner einnahmen, wie Generationen von Vorfahren des Grafen vor ihnen.

Die Lakaien trugen die Schloßlivree und gepuderte Perücken und bedienten lautlos und routiniert das junge Paar. Die Tafel war mit Orchideen festlich geschmückt.

Die Lichter waren gelöscht bis auf zwölf Kerzen in einem riesigen goldenen Leuchter.

Der Graf hob sein Glas.

„Auf meine Frau!" sagte er leise und andächtig. „Die schönste aller Gräfinnen von Kyle, die Königin meines Herzens."

„Auf meinen Herzkönig!"

Er sah Sandra im Licht der Kerzen tief in die Augen, und sie bemerkte das Feuer, das in ihnen glühte.

„Ich kann nicht länger warten, mein Liebling", sagte er verhalten. „Mir ist, als hätte ich Millionen Jahre auf diesen Augenblick gewartet, als sei ich auf die höchsten Gipfel gestiegen und in die tiefsten Tiefen des Meeres eingetaucht, um dich zu finden."

Er erhob sich und bot Sandra seinen Arm. Langsam gingen sie auf die Tür zu. Sandra konnte an nichts anderes mehr denken als an den geliebten Mann an ihrer Seite.

Das Schloß war ungeheuer groß und prachtvoll, prächtig ausgestattet, mit erlesenen Kunstschätzen und genau der richtige Rahmen für ihn. Sie würde in der Zukunft genügend Zeit finden, alles zu besichtigen und zu bewundern.

Langsam, mit der ihm eigenen Würde, führte der Graf seine junge Frau durch die Marmorhalle und die prunkvoll verzierte breite Treppe hoch, vorbei an den Gemälden seiner Ahnen, die zu beiden Seiten die Wände zierten.

Wie im Triumphzug führte er Sandra nach oben. Allen Unkenrufen, allen Hindernissen zum Trotz war er ans Ziel seiner geheimsten Wünsche gelangt, hatte er das vollkommene Glück gefunden.

Er war ein Suchender gewesen, ein Verirrter, und kehrte jetzt heim ins Schloß seiner Väter als Sieger, als Eroberer.

Er führte Sandra in das Prunkgemach mit dem kostbaren Deckengemälde, das Göttinnen und Amoretten in lieblichem Reigen zeigte, und einem breiten, mit Schnitzereien reich verzierten Himmelbett.

Als er die Tür leise hinter ihnen schloß und sie ihn ansah, wußte sie, daß sie keiner Symbole der Liebe bedurften, um das zum Ausdruck zu bringen, was in ihren Herzen wohnte.

„Endlich bist du mein, mein Liebling", sagte der Graf heiser. „Ich werde dich lieben, anbeten und verehren bis ans Ende unserer Tage."

Dann lag sie in seinen Armen, und er küßte sie wild, leidenschaftlich und fordernd, und sein Ungestüm verriet ihr, wie sehr er gefürchtet hatte, sie doch noch zu verlieren.

Während ihr Abendkleid zu Boden glitt, leise raschelnd wie das Laub der Bäume im Wind, und er sie auf seine Arme nahm und zum Bett trug, bebte Sandra am ganzen Körper vor Scheu, aber auch in sehnsüchtiger Erwartung, die ihn mehr erregte, als es jemals zuvor eine Frau vermocht hatte.

Er nahm sie in die Arme und liebkoste ihre Stirn. „Mein Kleinod, mein Liebling! Du sollst keine Angst vor mir haben. Das könnte ich nicht ertragen."

Sandra blickte mit glänzenden Augen zu ihm auf, die voller Liebe waren.

„Wie könnte ich jemals Angst vor dir haben?" murmelte sie. „Ich liebe dich und bin stolz, deine Frau zu sein . . . Ich befürchte nur, dich vielleicht zu enttäuschen."

„Das wirst du niemals", versicherte er ihr. „Du bist die Erfüllung all meiner Träume, die ich schon als kleiner Junge hatte, wenn ich romantische Geschichten las oder Musik hörte oder wenn ich die Gemälde betrachtete, die sich in diesem Schloß befinden."

Seine Lippen liebkosten ihre Haut, dann fuhr er fort: „Jetzt weiß ich, weshalb mich jede Frau, die in mein Leben trat, nach kurzer Zeit langweilte."

„Weshalb?"

„Weil sie nicht vergleichbar waren mit dir", erwiderte er weich. „Ich glaube, meine anbetungswürdige Geliebte, daß jeder Mann ein Ideal in seinem Herzen trägt, das Teil seiner Seele ist. Er sucht danach sein Leben lang, und wenn er es nicht findet, resigniert er vielleicht und begnügt sich mit flüchtigen Abenteuern."

Er küßte ihre Augen und fuhr dann fort: „Als wir in aller Stille in der kleinen Kirche getraut wurden, wußte ich, daß ich gefunden habe, wonach ich insgeheim all die Jahre gesucht habe. Ich habe Gott dafür gedankt, daß er dich mir geschenkt hat."

Niemals hätte sie ihn solcher Gefühlsäußerungen, die aus der Tiefe seines Herzens zu kommen schienen, für fähig gehalten. Die Ernsthaftigkeit seiner Worte, seine Bewegtheit trieben ihr Tränen der Rührung in die Augen.

„Mein Liebster, mein wundervollster Gemahl! Bitte, lehre mich, dich so zu lieben, wie du es dir ersehnst!"

Tränen rannen ihr über die Wangen. Er küßte sie zärtlich weg und suchte ihre Lippen. Ganz behutsam küßte er sie, als wolle er sie spüren lassen, wie sehr er sie verehrte.

Als er ihren bebenden Körper spürte, ihre jungen, unschuldigen Lippen, die sich den seinen öffneten, begann sein Blut wild zu pochen.

Die Glut seiner Liebe zu ihr loderte auf, und er begehrte Sandra, wie er nie eine Frau begehrt hatte.

Als sie die höchsten Wonnen erfuhren, vereinten sich Körper, Geist und Seele in göttlicher Erfüllung der Liebe; ein Mann und eine Frau hatten zueinander gefunden, die Gott zusammengefügt hatte.

## *MOEWIG Roman*

Barbara Cartland

**Das Glück in deinen Augen**

Bei einem Téte-à-téte in der Galerie des Buckingham-Palastes geht eine wertvolle chinesische Vase zu Bruch. Der Herzog von Ilminster wird daraufhin gebeten, sich zwei Monate lang aufs Land zurückzuziehen, was ihm sehr gelegen kommt, zumal er von einer Dame belästigt wird, die beabsichtigt, ihn zu heiraten. Er entschließt sich, Queen's Hoo zu besuchen, wo er seit dem Tod seiner Großmutter vor zehn Jahren nicht mehr gewesen ist. Zu seiner Überraschung hat Queen's Hoo eine neue Bewohnerin, die junge, liebenswerte Fabia, die völlig anders ist als alle Frauen, die er je gekannt hat.

**2382-5 DM 5,80/öS 45,–**

Deutsche Erstausgabe